Donnerkraut
und
Räuberbraut

Harry Böseke

Donnerkraut
und
Räuberbraut

Merkwürdige und hinterhältige Geschichten von allerlei Halunken aus dem Bergischen Land

BÜCKEN
SULZER

Originalausgabe 2004

Alexander Bücken und Fabian Sulzer
www.buecken-sulzer.de

Umschlaggestaltung, Redaktion, Layout und Satz:
APE, Overath (www.ape-online.de)
Sämtliche Abbildungen: © Bücken & Sulzer Verlag
Druck und Bindung: Grafisches Centrum Cuno, Calbe

Printed in Germany

ISBN 3-936405-12-3

Inhalt

Vorwort

»Das Wandern ist des Müllers Lust« – doch nicht nur das Wandern, denn diesem Berufsstand wurde seinerzeit auch Vorteilsnahme, eine besonders schöne Umschreibung der Räuberei, nachgesagt. In Geschichten und Überlieferungen leben diese »Vor«-Urteile weiter. Aber ist es nicht so, dass in einem so arbeitsamen und ehemals auch reichen Land wie dem Bergischen die Räuber für Plündereien zuständig waren? Das Donnerkraut – das Schießpulver – mag da oft eine Rolle gespielt haben. Aber waren es nur Räuber, die plündernd von Dorf zu Dorf und von Weiler zu Weiler zogen und sich in Höhlen und dunklen Wäldern versteckten? Waren nicht auch Frauen dabei, die so genannten Räuberbräute?

Wenn Geschichtenerzähler sich eines solchen Themas annehmen, dann kann keine reine Historienbeschreibung dabei herauskommen. So ist ein Buch entstanden, das den Geschichten erklärende Einführungen voranstellt, die die jeweilige Epoche beleuchten. Die Einteilung orientiert sich an den verschiedenen Gewerbezweigen, die typisch für das Bergische Land sind: Bleichereien und Färbereien, Schmiedehämmer und Schleiferkotten, Erzabbau, Kohletreiber, Fuhrmänner und die Pulverindustrie, von der die Räuber sicherlich mehr als nur in Form von »Knallplättchen« profitierten.

Manchmal galt es bei der Suche nach Geschichten Seitenwege einzuschlagen, denn die Vergangenheit hat ihre Zeichen nicht immer nur entlang der bekannten Wege hinterlassen.

Früher mag es im Bergischen recht abenteuerlich zugegangen sein. Heute wirken die Spuren der »räuberischen« Geschichte dagegen oft banal und alles andere als abenteuerlich oder anheimelnd nostalgisch. War die Arbeit nicht schon selbst »Räuberei«, um nicht zu sagen »Raubbau«? Mir ging es darum, die harte Arbeitswirklichkeit und die damals herrschende Armut zu beschreiben und keinesfalls zu verklären. Das Abenteuerliche daran muss jeder anhand der Spuren für sich selbst entdecken.

Einige Geschichts- und Geschichtenpfade in der herrlichen Landschaft des Bergischen Landes liegen nun vor uns – begleiten Sie mich auf der spannenden Räubertour!

Ihr Harry Böseke

1. Kapitel

Auf den Spuren der bergischen Räuber und Rebellen

Burg Windeck

Im Bergischen kannte man keinen Schinderhannes, keinen Robin Hood, keinen Rinaldo – aber man kannte hier einen, der aus der Not heraus raubte, um sich und die Seinen zu ernähren. Dann hatte man ihm gekündigt, weil andere jünger und stärker und williger waren als er. Aus ihnen war mehr herauszuholen. So wurde Paul, wollten er und die Seinen überleben, zum »Räuberpaul«.

Das »Windecker Ländchen« und die 14 Höfe oberrosbacherseits – das war das »Einsatzgebiet der Räuber« um den Paul.

Als im Dreißigjährigen Krieg die Schweden die Burg Windeck belagerten und die Burgbewohner sich gezwungen sahen, ihren Besitz aufzugeben, bat die Burgfrau – so überliefert die Sage – ihr zu gestatten, eine Last aus der Burg tragen zu dürfen. Schließlich wurde ihr die Bitte gewährt. Die Schweden staunten nicht schlecht, als die zierliche Frau mit ihrem Gemahl auf dem Rücken am Burgtor erschien und diesen ins Tal hinuntertrug. So war der Gatte zwar gerettet, doch das Paar musste sämtliche Schätze in der Burg zurücklassen, die alsbald der Plünderung und Zerstörung zum Opfer fiel. Und noch immer dauert die Suche nach den zurückgelassenen Schätzen an ...

Auch das »Windecker Ländchen« selbst glich jahrhundertelang einer verlassenen Burg, kahl und unwirtlich. Die Armut dieser von der Natur nicht gerade verwöhnten Landschaft trieb im 19. Jahrhundert viele Menschen nach Übersee. Ein Auswandererkreuz – das Original ist im Heimatmuseum zu besichtigen – erinnert an die Emigration aus Not. Gleich zwei Kopien davon sind zu bewundern, eine im Ortszentrum von Alt-Windeck, direkt neben dem Heimatmuseum, die andere auf dem Bergrücken bei Burg Windeck, von wo aus man einen herrlichen Ausblick ins Siegtal genießen kann.

Die Burg war oft Zankapfel und Schauplatz des Kräftespiels zwischen den Herren von Homburg und den Grafen und späteren Herzögen von Berg. Letztere machten das kleine Windeck gar zum Sitz eines Amtes. Nicht nur die Burgmannen und niederen Kriegsleute, die auf der Burg wohnten, bauten ihren Einfluss aus, auch die kleineren Edelherren im Umkreis der Burg erhielten ein Burglehen als Entschädigung und zogen ihre Hörigen mit sich. So finden sich in der Umgebung der Burg auf der »Ecke der Winde« zahlreiche Überreste von Herrensitzen.

Das Leben auf der dem Wind preisgegebenen Burg war nicht immer angenehm. Auf Verteidigung ausgerichtet, hatte der Bau dicke Mauern, die Fenster – gerade auch an der Außenseite – waren schmal und nicht sehr zahlreich. Im engen Burghof lagen Stallungen und eine Scheune. Eine der willkommensten Abwechslungen war die Jagd. Ihr frönten die Herren mit Leidenschaft. Wehe dem, der sie dabei störte! Die Sage überliefert, dass Wildschweine und Hirsche die Saaten der Bauern vernichteten. Verfolgten die Bauern aber das Wild und wurden dabei von einem Jagdaufseher gestellt, konnte es passieren, dass man sie zur Strafe und Abschreckung in Wildhäute einnähte, wo sie – von Hunden gehetzt und schließlich zerrissen – ein grausiges Ende fanden.

Endlose Prassereien, wilde Sauforgien, wüstes Geschrei und derbe Späße – von höfischer Zivilisation und zivilisierter Höflichkeit wusste man auf dieser entlegenen Burg wenig. Das 17. Jahrhundert schließlich besiegelt den Untergang der Burg: Sie wurde zum Stützpunkt für die Schweden und die Hessen sowie für die Kaiserlichen im Dreißigjährigen Krieg und wurde im Jahr des Westfälischen Friedens, 1648, zertrümmert, später von den Franzosen eingenommen und in Brand gesteckt. Die Trümmer der Burg dienten den Bewohnern der Umgebung anschließend als Steinbruch. Heute sieht man nur noch Mauerreste und Teile des Bergfrieds. Wenn man heute von »der« Burg Windeck spricht, ist dies nicht ganz richtig. Ursprünglich waren es zwei Burgen, von denen das »novum castrum in Windeke« im Jahre 1174 durch den Grafen von Thüringen als Lehen an den Grafen von Berg ging. Verschwunden dagegen ist die ältere, südlich gelegene Burg.

Wer will unter die Soldaten?

Eine wechselhafte Geschichte mussten die Menschen im Siegtal erleben. Besondere Beachtung verdient die französische Herrschaft im Rheinland zu Beginn des 19. Jahrhunderts. Sie dauerte zwar nur zwei Jahrzehnte, und doch bedeutete sie für das Land an Rhein und Sieg einen Umsturz. »Wer will unter die Soldaten?« wurde nicht gefragt. Es wurde befohlen. Dass es im Winter des Jahres 1813 sogar zu einem Aufstand der Bergischen Rebellen kam, dem »Knüppelrussenaufstand« – davon berichtet in Büchern, Hörspielen und eindrucksvollen Erzählungen der Schriftsteller Klas Ewert Everwyn*). Er lebte selbst viele Jahre am Rande des Nutscheid, wie man das umfangreiche geschlossene Waldgebiet nördlich der Sieg nennt. Bei Everwyn können wir lernen, dass Geschichtsschreiber in der Vergangenheit nicht immer nur die Wahrheit zu Papier gebracht haben und dass Chroniken, auch wenn es sich um Kirchenchroniken handelt, mit Vorsicht zu lesen sind.

Bei einem Überfall auf einen Kaufmannsladen soll Johann Wilhelm Pauli, der »Paul von Bettenhagen«, einen Sack Erbsen gestohlen haben – er habe »Erbsen geliehnt«, wie es im Waldbröler Dialekt heißt. Selbst der damalige Maire Venn nimmt den so genannten »Strauchdieb« gegen

---

*) Everwyn erzählt die Geschichte des Räuberpaul in seinem eindrücklichen historischen Roman »Einmal Räuber immer Räuber«, der beim Bücken & Sulzer Verlag 2004 erschienen ist.

diese Behauptung in Schutz, und nirgendwo ist dokumentiert, dass Pauli an dem Überfall beteiligt war, ebenso wenig beim »Sturm« auf das Bürgermeisteramt. »Was aber«, schreibt Everwyn 1992, »zählen alle Beweise gegen die Chronik, auch wenn sie erst weit nach den Ereignissen und stark beeinflusst von den inzwischen eingetretenen Herrschaftsverhältnissen verfasst worden ist!« Der Sohn des Räuberpauls kann ebenfalls nur ein Räuber sein.

Am äußersten Südzipfel des Bergischen Landes liegt das Dorf Bettenhagen mit acht Häusern und einigen Scheunen. 27 Menschen leben heute dort, weniger als vor 200 Jahren. Kinderreichtum hieß einst wie heute auch Armut. Und die hatte »Paul von Bettenhagen« hart genug erfahren.

In Bettenhagen wurde er am 9. Mai 1793 als Sohn des so genannten Räuberpauls geboren, der im nahen Nutscheid Garne auslegte, um auf diese Weise Kleinwild zu fangen: der kleine Wohlstand der mittellosen Menschen, denn der Boden gab kaum etwas her. So ist überliefert, dass die Kühe einst so klein und mager waren wie unsere heutigen Ziegen und dass man die entkräfteten Tiere im Frühjahr aufs Feld tragen musste. Von Kühen aber konnten die Paulis nur träumen. Und doch hat einer von ihnen vor zweihundert Jahren Geschichte gemacht, hat die Gedanken von Historikern, Schriftstellern und Politikern bewegt. »Und heute wird«, so Everwyn, »immer noch gefragt: Wer war dieser ›Paul von Bettenhagen‹? Ein Strauchdieb und Räuber, wie die einen sagen, oder ein Freiheitskämpfer und Held, wie die anderen behaupten?« Einige glauben sogar, »dass er in die nicht eben großartig besetzte Reihe deutscher Revolutionäre gehört! Weil er, warum auch immer, die Waldbröler Erhebung gegen die Franzosen im Januar 1813 auslöste und mit einem Rebellenzug bis nach Siegen marschierte, um den dort residierenden Unterpräfekten herauszufordern. Und: weil er dafür mit seinem jungen Leben hat bezahlen müssen.«

Der Knüppelrussenaufstand

Keine 14 Tage hat die bergische Rebellion gedauert, die unter der abwertenden Bezeichnung »Knüppelrussenaufstand« nur als Randnotiz in die Geschichte Einlass fand. Aber sie kann dennoch nicht unwichtig gewesen sein. Der nach einer schmachvollen Niederlage aus Russland zurückgekehrte Kaiser Napoleon maß dem bergischen Aufstand große Bedeutung bei. Mit dem ausdrücklichen Befehl: »Il faut qu'ils meurent!« (Sie müssen sterben!) schickte er seinen persönlichen Adjudanten, General Lemarrois, nach Düsseldorf. Das »Bergische« war in Unordnung geraten. Wo finden sich »Säbel und Pferd« in der Kirchenchronik? Wo die »Knüppel«?

»Hätten die Knüppel über die Gewehre gesiegt,« schreibt Everwyn, »wäre der Paul ein Held geworden wie beispielsweise Andreas Hofer in Tirol. So aber blieb er für die braven Bürgersleute ein lausiger ›Knüppelrusse‹ und ›Speckkosak‹ und verschwand in der historischen Versenkung. Kein Fall für die nationalistische Geschichtsschreibung, die sich lieber einen Major Schill zum Helden erkor, obwohl auch er ein Gesetzesbrecher war und auf seinen Rebellenzügen mehr als einen Sack ›Erbsen‹, ein Pferd und einen Säbel hatte mitgehen lassen. Aber er war ein Offizier und kein oberbergischer Hungerleider.«

Wie die französischen Truppen nach ihrer Niederlage in Russland junge Männer im Bergischen Land konskribierten, also zum Militärdienst einzogen, berichtet Everwyn in seinem Roman »Sterben kann ich überall«. Im Mittelpunkt der Geschichte stehen Paul und sein Dorf Bettenhagen. Hier ein kurzer Überblick über die »Bergische Rebellion« und ihren Anführer, wie sie bei Everwyn nachzulesen ist:

Paul von Bettenhagen

Auf den steinigen Äckern wachsen vor allem Gerste oder Hafer, neuerdings auch wenige Kartoffeln, die satt machen. Die Eier der Hühner sind für den Markt bestimmt. Es wird gewildert, gestrippt, und im Nutscheid liegen Garne und Fallen aus. Zwischen dem »Räuber Paul aus Bettenhagen«, dem Vater des Rebellen, und dem Förster Clouth aus Thalwindeck herrscht Krieg. Er duldet keinen Holzschlag, kein Beerensammeln, kein Reisigaufheben. Es herrscht der strengste Winter seit langem, Schnee bedeckt die gewellte, von vielen Tälern durchzogene Landschaft, Frost. Bettenhagen liegt wie ausgestorben.

Zu denen, die frieren, gehört auch Johann Wilhelm Pauli, am 9. Mai 1793 geboren, katholisch getauft, drittes von sechs Kindern. Seinen Namen kann er schreiben. Zwar schreibt er ihn falsch (Bauli), aber in der Winterschule zu Wies, wo ein Schulmeister die Kinder unter Rohrstockhieben mit der Schrift bekannt macht, hat er es gelernt. Schlank und hoch aufgeschossen ist dieser Mann mit seinen 19 Jahren, für seine Zeit ungewöhnlich groß, aber nicht besonders kräftig, das Gesicht leicht blatternarbig, die dunkelblonden Haare schulterlang und zottelig.

Für die Arbeit in den Silbergruben von Kohlberg ist er nicht kräftig genug. So arbeitet er als Leineweber im Nachbardorf Wehn, am Webstuhl des Romünders Christ.

Als Lohn erhält er einen Reichstaler in der Woche. Mit 14 wollte er in den neuen Fabriken an der Wupper das Seidenweberhandwerk lernen, doch es hatte nicht sein sollen. Der preußische Krieg ging 1807 zu Ende, und man durchsuchte die Herbergen im Tal der Wupper nach Deserteuren. Für zwei Tage wurde er eingelocht, da er keinen Pass hatte, schrie vor Hunger, dann gab man ihm den Laufpass, und er war wieder in seiner Heimat, auf einem der 14 Höfe oberrosbacherseits.

Bei schlechtem Licht schmeißt er das Weberschiffchen und schlägt mit dem Kamm den durchgeschossenen Faden an, bis die Leinwand fertig ist. Sonntags der Kirchgang nach Waldbröl, zu St. Michael. In der Gastwirtschaft wird er als Kirchgänger gehänselt.

Pauli brüstet sich: »Ich besorge mir ein Pferd!« Tatsächlich kommt er mit einem Gaul an. »Jetzt, wo ich das Ross hab'«, ruft Pauli in den Schankraum, »und eine kleine Armee noch dazu, jetzt soll es uns wohl gelingen, den Präfekten zu fangen.« – »Was uns noch fehlt, sind ein paar Rohre, Pulver und Blei!« Die Dörfer aber sind geplündert von den Franzosen, selbst in der Pulvermühle ist kein Pulverkorn mehr zu finden. Die haben die Nümbrechter bereits geplündert und sind auf Eitorf zu marschiert.

»Es wird Zeit, dass wir nach Siegen aufbrechen und den Vortrupp verstärken!«, sagt Pauli. Andere sind schon auf dem Weg, die Präfektur in Siegen zu stürmen. Dort warten Konskribierte, die ins Depot einrücken sollen, um in den weißblauen Rock der bergischen Infanterie gesteckt zu werden. »Sind die Rebellen wirklich geschlagen?«

Kurz nur saß Pauli von Bettenhagen auf einem Pferd, trug einen Säbel in der Hand und einen Federbuschhut auf dem Kopf, man durfte ihn für den Anführer halten. In der Bröler Hütte hatten sich die Mannen um Pauli Gewehre besorgt. Bei Friesenhagen stoßen sie auf einen weiteren Rebellentrupp. Der Rebellenhaufen kommt gut voran. Beim Aufstieg aus dem Büschergrund lichten sich die Nebelschleier. Als der Trupp auf der Höhe ankommt, ist es heller Tag. Man schreibt den 2. Februar 1813. Pauli hat sechzig Männer hinter sich.

»Wir sind«, hatte der Drinhausen am Abend des Vortages lachend gemeint und auf den Knüppel gedeutet, den er wie die meisten von ihnen als Waffe mit sich schleppt, und auf die dreizinkige, kurzstielige Gabel des alten Rau Hannes, »wir sind schon rechte Knüppelrussen.« – »Aber«, hatte Paul, ebenfalls lachend, darauf geantwortet und seinen geschwungenen Dragonersäbel in die Höhe gereckt, »die Feinde fürchten uns dennoch.«

Da plötzlich hinter der Nebelbank: Fußgendarmen. Pauli sieht die Säbel blinken. »Legt an!« Er hört das Kommando und erstarrt. »Feuer!« Bajonette blitzen. »Hurra, Hurra!« – Pauli krümmt sich am Boden, das Pferd galoppiert auf und davon. »Ergib dich, Bandit!«, schreit der Reiter. So kurz die Freiheit, so kurz! Pauli schlägt die Hände vors Gesicht. Jemand hat seinen Federhut gefunden und aufgehoben, er schwenkt ihn triumphierend, ein anderer den zerbrochenen Säbel und hebt ihn lachend über den Kopf. Die Waffen der Rebellen liegen abseits, auf einem Haufen zusammengeworfen: Flinten, Knüppel, eine Forke, nicht viel! »Melde gehorsamst Euer Exzellenz …!«

Urteil: Im Namen Seiner Majestät des Kaisers der Franzosen, König von Italien, Beschützer des Rheinbundes …

»… Johann Wilhelm Pauli, der als Anführer einer Rotte Insurgenten, welche sich zu Waldbröl in dem Arrondissement Siegen bei der Ziehung der Konskriptionspflichtigen dieses Jahres empört hatte, angeklagt und überführt worden, zu verurteilen. (...) Und zwar nach dem 3. Artikel des Gesetzes vom 30. Praeral des 3. Jahres, dessen Inhalt also lautet: 'Alle Anführer, Kommandanten und Hauptleute, Verführer und Aufhetzer zu bewaffneten Zusammenrottungen ohne Befehl der niedergesetzten Obrigkeit, es sei unter dem Namen Raubgesindel oder eine andere Benennung, sollen mit dem Tode bestraft werden.'«

15. Februar 1813, Waldbröl.
»Was war das?«, ruft Venn und stürzt ans Fenster. Aber er sieht nur die leere Gasse vor seinem Haus. »Es hat geschossen«, antwortet von nebenan Trine, die Haushälterin. »Um Christi Willen«, sagt Venn, »die Rebellen sind zurückgekehrt!« Knatternd lösen sich vor der evangelischen Kirche die Schüsse. Pauli fällt nach vorn aufs Gesicht.

Und wer stutzt, weil da ein Hannes Rau aus Hermesdorf mit bei den Aufrührerischen war, dem sagt Klas Ewert Everwyn, dass es sich um einen Vorfahren des ehemaligen Bundespräsidenten Johannes Rau gehandelt haben könnte.

Gegenwehr

Als vor einigen Jahren der Antrag gestellt wurde, Johann Wilhelm Pauli, dem Sohn des ›Paul von Bettenhagen‹ eine Straße oder eine Erinnerungstafel an der evangelischen Kirche zu widmen, da fand eine Mehrheit im Waldbröler Stadtrat und im Presbyterium in der Kirchenchronik mehr Beweiskraft als in allen anderen vorgelegten Dokumenten und erklärte Pauli schlankweg zum Verbrecher. Der Sohn des Räuberpauls kann eben nur ein Räuber sein.

Doch die 27 Bewohner Bettenhagens griffen gegen die Mehrheit der Waldbröler Ratsleute zur Selbsthilfe. Eine Familie stiftete das Grundstück, andere sammelten, bis sie den Kaufpreis für einen Grauwackestein und eine Kupfertafel zusammen hatten. Im September 1991 wurde die Errichtung des Denkmals mit einem Dorffest gefeiert. Johann Wilhelm Pauli war einer von ihnen.

2. Kapitel

»In einem kühlen Grunde, da geht ein Mühlenrad ...«

Das Räubern ist des Müllers Lust

Dem Volksmund nach wandern Müller gerne, und sie haben schöne Töchter, aber böse Frauen. Manchmal messen sie mit dem falschen Maß. Joseph von Eichendorff bestätigt dieses Vorurteil in seinem Gedicht »Das zerbrochene Ringlein«:

In einem kühlen Grunde
da geht ein Mühlenrad,
mein Liebste ist verschwunden,
die dort gewohnet hat.

Sie hat mir Treu versprochen,
gab mir ein'n Ring dabei,
sie hat die Treu gebrochen,
das Ringlein brach entzwei.

Der Mühlenpächter oder Müller hatte strenge Betriebsvorschriften zu beachten, die von Ort zu Ort unterschiedlich waren. Viehhaltung war ihm mancherorts verboten, sicher deshalb, um ihn nicht in Versuchung zu führen, Korn und Kleie seiner Kunden an die Tiere zu verfüttern. Da aber der Müller – so die Regel – das Korn des Mahlgastes abholen und das Mehl zurückschaffen musste, war er häufig auch zur Pferde- oder Eselhaltung verpflichtet. Die Rechtsvorschriften sahen vor, dass Mühlen an von den Mahlgästen bequem erreichbaren Orten aufgebaut werden sollten. Selbst die Maße des Mühlenweges waren genau festgelegt, so sollte er »in der Breite sieben Schuhe« haben. Aber wenn mit räuberischen Schuhen gemessen wurde? Im Geschäftsverkehr mit seinen Kunden durfte der Müller nur geeichte Maße verwenden. Aber wenn es räuberische Maße waren? Diese Maße wurden regelmäßig vom Grundherrn, Schultheiß, Vogt, Amtmann oder Schöffen überprüft. Aber hielten diese sich an das rechte Maß oder verwendeten sie andere, eigene? Für das etwas zweifelhafte Ansehen, in dem Mühle, Müllerin und Müller standen, gibt es viele Gründe.

Mühlen auf dem Lande standen immer außerhalb der Dörfer, und zwar so, dass sie von allen Ortschaften, die zu ihrem »Bann« gehörten, leicht zu erreichen waren. Die Anlage der Mühle war fast immer Sache des Grundherrn, und dieser verfügte auch über das Nutzungsrecht am Energieträger, hatte also das so genannte Wasserrecht inne. Der Müller wurde vom Grundherrn als Pächter eingesetzt. Die Bauern, die bei ihm mahlen lassen mussten – private Mühlen waren in der Regel verboten – sahen in dem Müller einen Büttel, einen Vasall der Obrigkeit. Wie es vor den Mühlen zuging, beschreibt ein heute noch geläufiges Sprichwort: »Wer zuerst kommt, mahlt zuerst.« Dieser Spruch ist schon aus der ältesten Rechtssammlung in deutscher Sprache überliefert: »Der ouch e zuo der mulen kumt, der melt ouch e.«

Aber wenn der Müller die Reihenfolge bewusst veränderte, um mehr Nutzen zu haben?

In einem erotischen Lied von Karl Simrock heißt es zum Schluss (als Drohung der Müllerin an ihren Gatten):

Willst du die Mühle versaufen,
Wo schöne Mädchen sein,
So bau ich mir eine neue
Auf einer grünen Haide,
Wo frisches Wasser quellt,
Kann mahlen wann mirs gefällt.

Der Berufszweig der Müller hat die Dichtung nachhaltig inspiriert. Selbst Goethe benutzte eine Mühlenmetapher im Faust: »Mir ist von allem so dumm, als ging mir ein Mühlrad im Kopf herum.«

Wenn im Bergischen Land auch schon seit vielen Jahrzehnten kein Mühlrad mehr am rauschenden Bach klappert, so erinnern doch viele Mühlhäuser an die Vergangenheit. Der königlich-preußische Landrat, Georg Freiherr von Hauer, schrieb vor über 150 Jahren über die 57 Wassermühlen in seinem Landkreis: »Die inneren Gewässer können gewissermaßen als die Pulsadern unseres industriellen Lebens betrachtet werden.« Und tatsächlich, blickt man zurück, dann erfährt man, warum die Fürsten und Landesherren gerade in den wasserreichen Tälern die Mahlerlaubnis, das Mühlenregal, wegen der großen Nachfrage immer wieder »aufstocken« mussten.

Vielleicht hat sich die folgende Geschichte ja tatsächlich so zugetragen.

Der letzte Mahlgang

Von weitem konnte man schon erkennen, dass sich das Wasserrad nur langsam drehte. Der Mühlenmeister oder sein Knecht mahlten gerade, aber irgendetwas war heute anders, dachte die Bauersfrau, die ihren Mann zur Mühle begleitete. Etwas war anders. Auch war das jämmerliche Schreien eines Kindes zu hören. Was anders war, das konnte sie zunächst nicht herausfinden. Selbst der Esel stand wie immer an seinem Platz. Doch das Wasserrad drehte sich langsamer, als ob es einen schweren Mahlauftrag zu bewältigen hätte. Die Bauersfrau stieß ihren Mann an, der den Handkarren mit Roggen und Hafer zog. Für ein Zugtier, gar ein Pferd, hatte man kein Geld. Auf das Klopfen der beiden machte niemand auf.

»Müller!«, rief der Bauer mit seiner tiefen Stimme. Aber niemand machte auf.

Was war nur geschehen?

Brutus, wie die Leute seiner Bande ihn wegen seiner Brutalität und Hinterlist nannten, hatte an das Fenster der Mühle geklopft und verlangte, eingelassen zu werden, denn er hatte Hunger. Der Müller merkte schnell, dass dies nur ein Ablenkungsmanöver sein konnte, und warf Brutus ein Klafterholz an den Kopf. Niklas kam Brutus zur Hilfe und richtete ihn wieder auf. Die beiden anderen Kameraden waren inzwischen schon von hinten in die Mühle eingedrungen, dort, wo man das Mahlgut einbringt. Brutus war aus einer kurzen Ohnmacht erwacht, und Niklas stützte ihn, während sie den beiden anderen in die Mühle folgten. Unterdessen hatte der Müller versucht, die Mühle zu sichern. Aber was sollte er allein ausrichten? Sein Weib stand in der Küche und war kaum vom Wochenbett genesen. Da hörte er plötzlich Schüsse und sah, wie aus dem Kleiekasten das weiße Gut rieselte. Niklas trug das Feuergewehr, und der Müller konnte ihn bald als den Anführer ausmachen. Schon fuhr Niklas den Müller an:

»Wenn Dir dein Leben etwas wert ist, sag uns, wo die Effekten sind.« Der Müller versuchte, sich so klein wie möglich zu machen.

»Was ist das hier für ein schöner kupferner Kaffeekessel!«, lachte Brutus triumphierend und griff danach. Die beiden anderen im Bunde, Kälberhein und Kossig, machten sich über die Würste und Schinken her, die im Rauchfang hingen.

»Hast du auch eine wohlfeile Frau?«, fragt Brutus lachend. Davor fürchtete sich der Müller mehr noch als vor dem Raub seiner Wertpapiere.

»Sie ist noch wund, sie hat erst vorgestern ein Kind geboren.«

»Na, dann werden wir noch einmal wiederkommen!«, hohnlachte Brutus.

»Wenn ich euch nicht vorher an den Galgen bringe!«, rief der Müller, als die vier mit den Effekten und anderer Beute entschwanden. »Ich habe euch erkannt!«

Diese Drohung hätte er besser für sich behalten, denn sie wurde ihm nun zum Verhängnis. Kossig und Brutus kehrten zurück.

»Wenn du uns kennst, wirst du uns auch verraten. Dann verraten wir dir, was wir mit dir vorhaben.« Sprachen es und versetzten dem Müller einen schweren Schlag mit dem Knauf des Gewehres. Dann öffneten sie den Kasten an der Mühle, in den das Mahlgut geschüttet wird, steckten den Müller kopfüber hinein und setzten das Mahlwerk in Gang. Die Müllerin, die aufgrund des Lärms herzugeeilt war, fiel angesichts des Unglücks in eine tiefe Ohnmacht.

Wo wir schon beim Wasserrad sind, das die Mühle antreibt. Wie räuberisch wurde doch einstmals mit den Arbeitskräften, den Menschen, umgegangen.

Die Geburtsstunde des Wasserrades

Im dritten Jahrhundert v. Chr. wurde im Zweistromland, in Mesopotamien, das Wasserrad erfunden. Eine Zufallserfindung? Wahrscheinlich hat es sich aus den Tretschöpfrädern, die es dort zur Bewässerung der Felder gab, entwickelt. Vielleicht ist die Erfindung sogar einem Zufall zu verdanken: Ein Tretschöpfrad bot bei hohem Wasserstand und großer Fließgeschwindigkeit so viel Angriffsfläche, dass es sich auch ohne Treten bewegte. Und so könnte ein aufmerksamer Beobachter diese zufällig entstandene Situation später bewusst wieder herbeigeführt und damit der Nachwelt die »Tretmühle« erspart haben. Die Verwendung der Naturkraft Wasser ist ein Meilenstein in der Geschichte der Technik, zweifelsohne. Die »weiße Kohle«, wie die Wasserkraft auch genannt wird, ist ein Energiespender ganz besonderer Art. Wo das Wasser auch im Sommer nicht versiegt, ist sie immer vorrätig, und das macht ihren gewaltigen Vorzug aus. So entwickelte sich das wasserreiche Bergische Land zum bevorzugten Standort für Wasserradbauten. Für die Wirtschaft war die Entwicklung des Wasserrades schon im Mittelalter von Bedeutung, und das nicht nur im Bergischen Land.

Der älteste Nachweis über Mühlenrechte geht aus einer Urkunde hervor, mit der Herzog Otto II. einem Kloster den zehnten Teil der Einnahmen aus seinen Münchener Mühlen zusprach. Sie datiert aus dem Jahre 1241. In

Steuerbüchern aus dem 14. Jahrhundert werden Getreide-, Säge-, Stampf- und Walkmühlen genannt, die von dem Wasser der Stadtbäche angetrieben wurden. Die Bäche im Bergischen Land sind aber nicht künstlich angelegt worden, sondern ein Geschenk der Natur.

Im 14. Jahrhundert wurden erstmals oberschlächtige Wasserräder urkundlich erwähnt, die bei gleicher Radgröße und gleicher Wassermenge mindestens doppelt so viel leisteten wie unterschlächtige. Oberschlächtige Wasserräder, bei denen das Wasser durch bauliche Maßnahmen künstlich von oben auf das Mühlrad geleitet wird, werden weniger durch den Bewegungsimpuls des fließenden Wassers als durch dessen Gewicht angetrieben. Deshalb sind ihre Schaufeln, die sich zwischen zwei Radkränzen befinden, so konstruiert, dass sie das Wasser lange halten.

Die höhere Effektivität wurde durch eine – für die damalige Zeit – komplizierte Bautechnik möglich. Das Wasser wurde aus seinem natürlichen Lauf durch Kanäle in ein Reservoir, den Mühlenteich, abgeleitet. Die Höhendifferenz musste mehr als die Höhe des anzutreibenden Wasserrades betragen. Durch hölzerne Rinnen, das so genannte Gerinne, wurde das Wasser zum Mühlrad geleitet. Schützenwehre und Schieber regulierten den Zufluss. Bis zum Ende des 18. Jahrhunderts wurden immer ausgeklügeltere und effektivere Wasserräder hergestellt. Die Schaufelformen erhielten immer strömungsgünstigere Profile, Raddurchmesser, Schaufelanzahl und Wassermenge wurden besser aufeinander abgestimmt und Lagerung und Auswuchtung der Räder verbessert. Günstig wirkte sich auch die Verwendung von Stahl und Eisen beim Räderbau aus. In Frankreich setzte man noch bis weit ins 19. Jahrhundert hinein auf die Wasserkraft, denn dort gibt es im Gegensatz zu England und Deutschland keine verfeuerungsfähige Kohle – wohl aber die weiße Kohle, »l'houille blanche«. So wurde in Frankreich die Technik noch weiter verbessert und optimiert.

Mit dem Fortschritt der Technik stieg auch die Anfälligkeit der Mühlen für Reparaturen. Wenn etwas zu Schaden kam, standen die Betreiber oft ratlos da. Aber es gab einen fahrenden Berufsstand, eine Mischung aus Handwerker und Ingenieur, oft Müllerburschen, Schmiede-, Zimmerer- oder Schreinergesellen, die dank ihrer Erfahrung die unterschiedlichsten Techniken beherrschten. Sie hießen treffenderweise Mühlenärzte.

Wie jedes Handwerk hatten auch die Müller bzw. Mühlenbauer ihre Insignien. Typische Symbole der Siegel und Wappen des Müllerhandwerks und der Mühlenbauer sind vier- und mehrspeichige Mühlräder, Mühlsteine, Mühleisen, geöffnete Zirkel und Winkelmaße. Diese meist farbigen Insignien sieht man mancherorts noch in Adels- und Städtewappen.

Von Mehlsäcken und Kleiekästen

Unter Mahlen versteht man die Verwandlung von z. B. Getreide mittels rauher, harter oder schneidender Werkzeuge in Pulver oder Mehl. Als Mahlwerkzeuge dienen meist die Mahl- (oder Mühlen-)steine, wobei der Bodenstein feststeht und der Oberstein durch Kraft, in diesem Fall Wasserkraft, als so genannter Läufer bewegt wird.

Vom Wasserrad wird über die Radwelle die Kraft zum Kammrad-Stockgetriebe geleitet und damit der Oberstein angetrieben. Das Mühleisen ist über die »Haue« fest mit dem Läufer verbunden. In diesem befindet sich das Läuferauge, durch welches das Getreide fällt, um zwischen den Steinen zermalmt zu werden. Das Getreide wird in einen trichterförmigen Behälter, den Rumpf (wir kennen ihn aus den Zeichnungen Wilhelm Buschs zu »Max und Moritz«), geschüttet und gelangt über den Rüttelschuh durch die Öffnung am Läuferauge. Das Rütteln des Schuhs wird von dem umlaufenden Mühlstein durch einen Mechanismus ausgelöst. Der Abstand zwischen den beiden Mahlsteinen kann durch eine Schraubenspindel mit Muttern vergrößert oder verkleinert werden. Dies nennt man »die Mühle stellen«. Natürlich erwartet man von guten Mahlsteinen Härte und auch Porosität, eine Menge scharfer, schneidender Ecken und Kanten, was auch durch das Rauhhauen der einander zugekehrten Flächen verstärkt werden kann. In manche Steine wurden Rinnen eingehauen, die von der Mitte des Steins geradlinig oder bogenförmig zur Peripherie hin laufen, um so das Getreide auf die Mitte zu zentrieren und gleichzeitig kühlende Luft hinzuleiten.

Das Mahlprodukt gelangt nach dem Ausmahlen durch eine Röhre oder einen Schlauch in den Mehlbeutel, der ständig durch ein angebrachtes Hebelsystem geschüttelt wird. So fällt das feine Mehl durch das Gewebe des Beuteltuches in den Mehlkasten. Der Rest gelangt in den »Kleyenkasten«. Will man feines, weißes Mehl erhalten, so muss der Abstand zwischen den Mahlsteinen groß sein. Die Kleie enthält dann aber noch viel brauchbares Mehl, das im »Kleyenkasten« aufgefangen und noch einmal zu einer minderwertigen Mehlsorte vermahlen werden kann. Wichtig ist, dass das Getreide nicht zerquetscht, sondern zerschnitten wird, um ein Heißlaufen der Mahlsteine zu verhindern. Das Mahlgut zu befeuchten bringt eine Qualitätsminderung mit sich.

Wir erinnern uns an eine zeitgenössische Erzählung, die das Verhältnis des Staates zu Mehl und Kleie beleuchtet. Beim Hofrundgang begegnen einander in einem deutschen Gefängnis zwei Bäcker. Der erste wurde eingelocht, weil er beim Backen Kleie verwandt hat, der andere, im Dritten Reich zur Beimengung von Kleie zum Brotteig gezwungen, sitzt ein, weil er eben keine Kleie zum Strecken des Mehles verwendet hat. So sinnieren die beiden über ihr begangenes »Unrecht«.

Mit dem Aufkommen der Dampfturbinen verlor das Wasserrad als Antriebsmittel seine Bedeutung. Turbinen konnten unabhängig vom »rauschenden Mühlbach« dort aufgestellt werden, wo Platz war, und waren nicht von einem zu regulierenden Wasserstand abhängig. Die Erfindung des Wasserrades war aber auf jeden Fall ein Meilenstein, ein »Mühlenstein« in der Geschichte.

Wasserkraft und Menschenkraft

Das Wasserrad wurde vermutlich von einfachen Menschen erfunden. Die Noria, wie das Rad genannt wurde (das Wort stammt aus dem Arabischen), welches Wasser schöpfen half, verbreitete sich im gesamten Mittelmeerraum. Die Möglichkeit, mit Hilfe von Wasserkraft Getreide zu mahlen, wurde lange Zeit nicht erkannt. Dabei diente in den alten Reichen das Brot als Hauptnahrungsmittel. Das dafür notwendige Getreide wurde in Mörsern zerstampft oder zwischen zwei flachen Steinen zermalmt. Eine Person musste den ganzen Tag arbeiten, um den Bedarf für acht Personen decken zu können. Für gewerbsmäßiges Mahlen entstanden die Trichter- oder Glockenmühlen. Sie wurden unter unmenschlichen Bedingungen von Mühlensklaven angetrieben. In einem Dokument des römischen Schriftstellers Apulejus heißt es über sie:

»Guter Gott, was für arme Sklaven das waren! Bei manchen war die Haut schwarz und blau verfärbt, manche hatten den Rücken von den Striemen der Peitschenhiebe übersät, und sie waren nur noch bedeckt – nicht mehr bekleidet – mit zerrissenen Fetzen ... manche waren gezeichnet und mit heißen Eisen in die Stirne gebrannt ... manche schleppten Eisen an ihren Beinen und unkenntlich vom Rauch waren ihre Augen und Gesichter, ihre Augenlider krebsig von der Dunkelheit des stinkenden Raumes, halb blind und schwarz und weiß von dem schmutzigen Mehl, wie Boxer, welche vom Sand verschmutzt miteinander kämpfen.«

Solange man genug billige Arbeitskräfte hatte, konnte der Fortschritt nicht Einzug halten. Erst mit dem Niedergang der Sklavenhaltergesellschaft wurden immer mehr Wassermühlen eingesetzt. Und sie standen unter besonderem Schutz. Im so genannten »Sachsenspiegel«, einem zwischen 1198 und 1235 entstandenen Rechtsbuch, finden wir die Drohung: »Wer eine Mühle beraubt oder einen Pflug stiehlt, wird den Mördern und Kirchenräubern gleichgesetzt.« Das alte irische Recht gab den Mühlenbesitzern sogar die Stellung von Edelleuten.

So schließt sich der Kreis unserer Erzählung. Der mitunter gehasste Müller, die umfangreichen Regelungen seiner Tätigkeit, die mit Privilegien, aber auch Einschränkungen verbunden war, er geriet immer wieder zwischen die »Mühlsteine« – gleichmäßig angetrieben durch das Mühlrad, welches wiederum bewegt wird vom immerwährenden Fließen des Wassers.

Der Ritter und der Mehlsack

Im mittleren Aggertal, zwischen Vilkerath und Overath, kann man heute noch die letzten Trümmer einer verfallenen Burg erahnen: der Burg Bernsau.

Wäre der letzte Ritter dieser Burg nicht so jähzornig gewesen, so stünde die Burg vielleicht heute noch und die Mühle an der Agger drehte sich vielleicht noch. Der Ritter hatte stets die Eifersucht im Gepäck, wenn er auf Reisen ging, obwohl er es für sich mit der Treue nicht so genau nahm. Als er eines Tages von einer Reise zurückkehrte und seine schöne Gemahlin bei Lichtschein am Fenster wähnte, flatterte etwas wie ein Mehlsack und blähte sich auf. Der Ritter glaubte, den Müller der nahen Zwangsmühle zu erkennen. Als er ins Zimmer trat, sah er den Mehlsack nicht mehr, schrie aber trotzdem und warf seiner Gemahlin Untreue vor. »Wie ein Mehlsack muss sie hängen!«, sagte er zu sich, misshandelte die wehrlose Frau, band sie mit Stricken, dass sie selbst wie ein steifer Mehlsack aussah, und hing sie aus dem geöffneten Fenster über den Wallgraben und ging hinaus. Die Dienstboten aber und der Müller, die der edlen Frau zur Hilfe eilten, erlösten sie von den Fesseln. Sie ließ ein Pferd satteln, verteilte ihre Kostbarkeiten an die Retter und ward nicht mehr gesehen.

Als aber der Ritter zurückkehrte, voller Reue über seine Tat, fand er die Burg geplündert und verlassen. Ein Vorhang wehte aus dem Fenster, und im Schatten der

Nacht und des lichtgebenden Mondes sah er aus wie ein Mehlsack. Nie wieder hörte man etwas über diese einst reiche Burg.

Aber nicht alles war räuberisch:

Der ehrliche Müller von Bieberstein

Das Wiehlflüsschen schlängelt sich durch die Auen, und bei Bieberstein hat es schon ganz beträchtliche Wassermassen gesammelt. Dort ging ein fleißiger Handwerker seiner Arbeit nach. Während von seinen Berufsgenossen nicht immer zu Unrecht gesagt wurde, sie nähmen den Bauern für das Mahlen des Kornes zu viel Lohn ab, behielt der Biebersteiner nur den ausgemachten vierten Teil für sich als Mahllohn. Wenn das Mühlrad lief, glaubte er aber zu hören: »Statt nur den vierten, den dritten Kern, den hätt' ich gern – den dritten Kern, den hätt' ich gern!« Aber davon ließ sich der Müller nicht verführen.

In seiner Nachbarschaft wohnten Zwerge, denen man manchmal Missetaten, aber auch Wohltaten nachsagt. Sie beschlossen, den ehrlichen Müller nach Kräften zu unterstützen. Wenn er abends die Kornsäcke bereitgestellt hatte, dann traten die Zwerge ihr Werk an, öffneten das Schütz, das Wasserrad drehte sich und drehte sich, und die Zwerge mahlten, was sie konnten. Selbst raue Mühlsteine wurden von den fleißigen Helfern geschärft, und so hatte man in Bieberstein das beste Mehl weit und breit. Von der Hilfe der Zwerge hat aber keiner erfahren. Das hat uns selbst das muntere Bächlein Wiehl nicht erzählt…

(nach Heinrich Kleibauer: Oberbergische Sagen)

3. Kapitel

Von Räuberbanden und -bräuten

Mord für ein Glas Bier?

Es ist eine alte Sage zu Köln, daß man im Bergischen Lande jemanden für ein Glas Bier totschlage oder daß dort ein Totschlag nicht mehr koste als ein Glas Bier.*) Das klingt gar grimmig und könnte auf unsere bergischen Landsleute ein böses Licht werfen, wenn man nicht die Zeitverhältnisse kennt, unter welchen dies Gerede aufgekommen ist. Als nämlich in der Zerissenheit Deutschlands das Herzogtum Berg noch einen Staat bildete und ein Land für sich war, auf der anderen Rheinseite gegenüber aber Kurköln einen geistlichen Landesherrn hatte und die Reichsstadt Köln unmittelbar unter dem Kaiser stand, da kostete das Überfahrtsgeld gerade soviel wie auch ein Glas Bier. Wer nun hierzulande jemanden totgeschlagen oder sonst ein Verbrechen begangen hatte, der brauchte bloß das Fahrgeld dranzuwenden und über den Rhein zu flüchten, so war er frei. Denn wegen solcher Missetat wurde er nicht ausgeliefert. Daher ist das böse Sprichwort von den Bergischen in Köln entstanden. Totschläge kommen wohl überall vor, aber im Bergischen Gottlob nicht mehr als sonstwo, und man geht in dortigen Wäldern sicherer als auf manchem Steinpflaster.«

---

*) Aus »Der Bergische Eulenspiegel. Leben, Taten und Meinungen des Meisters Tobias von Hebborn«, von Vincenz von Zuccalmaglio, 1908 bearbeitet vonWalther Schulte vom Brühl (2003 beim Bücken & Sulzer Verlag neu aufgelegt)

Räuber und ihre Bräute

Über bekannte Banden wie die des Schinderhannes und andere ist viel geschrieben worden. Aber handelte es sich dabei um reine Männerbanden? Keineswegs, denn in vielen Fällen räuberten und plünderten auch Frauen und waren nicht »nur« Räuberbräute. In der Zusammenstellung »Die deutschen Räuberbanden« werden in dem Teil über die rheinischen Räuberbanden von Heiner Boehncke und Hans Sarkowicz (Frankfurt 1993) die Räuberbräute in Originaldokumenten ihrer Zeit dargestellt.

Schauen wir uns doch einige dieser Räuberbräute an, die in Zeiten der Not keine Seltenheit waren.

Die Moselbanden

Zu den Banden im Moselgebiet gehörte auch Margaretha Saurens, die gemeinsam mit Matthes Dahm durch das Land zog. Dahm hatte einige Zeit unter österreichischen Fahnen gefochten und war dann in die von Franzosen besetzte Heimat an der Mosel desertiert. Künftig zog er mit Margaretha und ihrem Kram von Bändern, Zunder und Riemen von Jahrmarkt zu Jahrmarkt. Margaretha wird vielen Menschen, besonders den Mannsleuten aus der Umgebung, bekannt gewesen sein. In einer Anklageschrift wird ihr und ihrem Partner folgendes Vergehen zur Last gelegt: Diebstahl von mehreren Krämerwaren bei dem Posthalter Theiser auf der Alf, Kanton Luzerath (15/16.November 1797). Margaretha wird für ihre Beteiligung an den Raubtaten im September 1799 zu alleiniger Einsperrung für 14 Jahre verurteilt.

Johann Müller war der Sohn wohlhabender Eltern in Schönau, Kanton Rheinbach. Sein Vater hatte ihn für die Gelehrsamkeit bestimmt, und er absolvierte tatsächlich bei den Ex-Jesuiten in Münstereifel die ersten drei Klassen. In seinem 14. Jahr wurde er Herr von dem Anteil seines elterlichen Vermögens ... und nahm im 19. Jahr ein Weib, das ihn zum Vater von drei Kindern machte. Seine Rückkehr von der Schule in den Bauernstand war der Grund für sein späteres Unglück. Er lebte auf großem Fuß, konnte sich nicht mehr an Arbeit gewöhnen und ruinierte sich durch einen verlorenen Prozess. Als Bettler und Marketender schlug er sich durchs Leben und brachte seine wenige Barschaft in den Wirtshäusern durch. Wenn abends bei seiner Heimkehr Weib und Kinder nach Brot winselten, vergriff er sich an fremdem Eigentum, um seine Familie zu ernähren. Einige französische Dragoner, die in Schönau stationiert waren, raubten seiner Frau, die für andere Familien zu waschen pflegte, das ihr anvertraute Leinen und zugleich ihre Ehre. Müller kaufte sich in seinem Zorn eine Doppelflinte und war fest entschlossen, den erstbesten französischen Soldaten niederzuschießen. Weil es aber geregnet hatte, versagte der eine Lauf der Flinte, und das Pulver im zweiten brannte nach. Als nächstes Opfer seiner Wut hatte er einen Elsässer ausersehen, einen gut 20 Jahre alten frommen Fuhrknecht. Müller hackte eine Kugel in drei Stücke und lauerte dem »Auserwählten« auf. Kaltblütig ermordete er ihn, vergrub ihn in einem

Loch und betete fünf Vaterunser für sein Opfer. Diese Aussage machte Müller selbst.

Auch fehlte Müller jeglicher Respekt vor Frauen. Als andere Bürger in der Kirche waren, überfiel er Barbara Brück im Kuhstall. Er schlug die alte Frau und brach eine Geldkiste auf. Die eigene Frau schlug er ebenfalls, aber davon ist in den Strafberichten nichts zu lesen …

Eine Stunde vom rechten Ufer der Mosel entfernt liegt im so genannten Friedrichswald im Kanton Treis eine Köhlerhütte, wo die Bande einen ihrer Hauptlagerplätze hatte. Die Frau des Köhlers war die Geliebte von mehreren Gliedern der Bande; Niklas Dahm wurde gar in ihrem Bett verhaftet. Dort waren die Räuber auch nach dem von ihnen gelegten Brand in der Mühle zusammengekommen, um sich mit Branntwein zu berauschen. Ihre Dreistigkeit war so groß, dass sie den Bestohlenen einen Vergleich über das Diebesgut anboten, und wir wissen, dass die für uns namenlose Köhlersfrau den Männern in Dreistigkeit nichts nachstand.

Schinderhannes und seine (zarten) Bande

Der Schinderhanndes begann seine außerordentlich erfolgreiche Karriere als Pferdedieb. Aber wenn man ein Pferd hat, begehrt man mehr. Der legendäre Johann Bückler, genannt Schinderhannes, war im Hunsrück zu Hause. Die Bande hielt sich seinerzeit in den Kantonen Kirn, Sobernheim, Simmern u.a. auf. Im Kanton Kirn gab es hauptsächlich zwei Ortschaften, wo die Räuber Zuflucht und Sicherheit fanden: Hahnenbach und Schneppenbach. In Schneppenbach wohnte ein schmutziges altes Weib, Anna Marie Frei, das schon lange die

Unterhändlerin der Leute vom »Handwerk« war. Schinderhannes feierte in ihrem Haus das Beilager mit seiner Geliebten Elise Werner, die er gleich nach seiner Flucht von Saarbrücken dort etabliert hatte und standesgemäß unterhielt.

In Schneppenbach hatte sich ebenfalls ein anderes Weib, Elise Schäfer von Faid im Kanton Cochem, mit ihrer damals 14jährigen Tochter niedergelassen. Dieses Mädchen, das später unter dem Namen Buzliese-Amie bekannt wurde, versammelte bald eine Menge kräftiger Räuber als Anbeter um sich. Sie war gebildet, fleischig anzufühlen und verhielt sich nicht spröde gegen diejenigen, die ihr gefielen. Seibert von Lienshausen und Schinderhannes wetteiferten um ihre Gunst, und das erregte die Eifersucht des Placken-Klos, der bereits seine Elise an Schinderhannes abgetreten hatte. Gelegentlich kam Schinderhannes auch auf das rechte Rheinufer. Von dort brachte er einmal eine Geliebte mit, die ihn aber kaum gefesselt hatte, da er sie bald schon wieder entließ und sein Herz auf immer einem Mädchen aus Weierbach im Kanton Grumbach, zwei Stunden von Kirn entfernt, schenkte. Julchen Blasius passte hervorragend zu dem jovialen Räuber. Er hatte sie immer wieder auf Märkten und Kirchweihen gesehen, wo sie als Bänkelspielerin (sie verstand sich recht gut aufs Geigenspiel) Aufsehen erregte. Er verliebte sich in sie und ließ sich bald darauf auf der anderen Rheinseite im aller Form mit ihr trauen. Als sie kurze Zeit später schwanger wurde, musste er sie wieder auf das rechte Rheinufer führen, wo sie in der Gegend von Bruchsal eine Tochter gebar, die aber nicht lange am Leben blieb. Schinderhannes selbst dichtete ein Liedchen auf seine Frau, das im Hunsrück recht bekannt war und auf allen Märkten und

Kirchweihen gespielt wurde. Wir nehmen aus Gründen des Anstands davon Abstand, es hier wiederzugeben. Das muntere Julchen begleitete den ihr anvertrauten Mann auf manchen Streifzügen. Am 14. November 1800 drang Herr Bückler mit seiner Frau nachts in das Haus des Handelsmannes Sender Isac von Weierbach im Kanton Grumbach ein, beide mit Flinten und Pistolen bewaffnet und die Frau in Mannskleidern. Sender Isac hat uns versichert, dass Julchen diese Beinkleiderrolle sehr gut gespielt habe. Am Ende ihrer Dienstfahrt stand eine zweijährige Zuchthausstrafe, während ihr weit umtriebiger Mann, der Schinderhannes, zum Tode verurteilt wurde. Davon schreibt ein Zeitzeuge (Johann Konrad Friederich) als 14jähriger und berichtet auch über die turbulente Anreise von Frankfurt nach Mainz zur Hinrichtung des Räuberhauptmannes: Das Schiff war mit Passagieren jeder Gattung bis zum Erdrücken angefüllt, Greise und Jünglinge, alte Weiber und blühende Mädchen, wichtigtuende Beamte und sorglose Bänkelsänger, alles war im bunten Gemisch durcheinander und vertrug sich bestens. Das in dem Bericht fast nur von dem berühmten Räuberhauptmann und seiner Bande die Rede war, vom Schinderhanndes, von dem man sich die wunderlichsten Abenteuer und Anekdoten, wahr oder erfunden, erzählte, kann man sich denken.

Der Hinrichtung wohnte auch Johann Gottlob Schulz bei. »Schinderhannes war 26 Jahre alt, von gewöhnlicher Manneslänge und gutem Ansehen. Als Schinderhannes aus dem Gefängnis gebracht wurde, sah er den Frankfurter Offizier, der ihn den französischen Kommissarien hergegeben hatte, und sagte zu ihm: ›Dir wollt' ich ein Paar Ohrfeigen geben, wenn ich nicht gebunden wäre. Da sieht man, was ihr Deutschen für Kerls seid.‹

Es schlug gegen zwölf Uhr. Dann kamen fünf Leiterwagen mit den Verbrechern. Mit roten Hemden, den Zeichen des Mörders, waren überhaupt sieben bekleidet. Über der zahllosen Menge der Zuschauer lag eine düstere Stille. Nur als der Kopf von Schinderhannes fiel, hörte man ein dumpfes ›Hah!‹

Des Mittags sah ich in den drei Reichskronen das Kind des Schinderhannes, das die Julie Blasius im Gefängnis geboren hatte. Es war ein wohlgebildetes Bübchen von neun bis zehn Monaten. Einer von den Freigesprochenen trug es auf den Armen und ein Diener von der Mairie (Stadtverwaltung) sammelte für das Kind. Es sollte im Inneren von Frankreich einem Weibe anvertraut werden, nichts von seiner Herkunft erfahren.

An dem Tag nach der Hinrichtung wurden die Verbrecher, welche in Ketten verdammt waren, zur Schau ausgestellt. Vor dem Gerüst saß auf einer Art von Kasten auf einem Lehnstuhl der kranke Vater des Schinderhannes, der zu 22 Jahren Kettenstrafe verurteilt worden war. Er ist ein Mann nicht viel über fünfzig Jahre. Auf der einen Seite saß auf dem Kasten seine Frau, die Mutter des Schinderhannes, und auf der anderen seine Tochter, ein reinliches und gut gebildetes Mädchen von fünfzehn Jahren. Beide saßen bloß da, um dem Alten Gesellschaft zu leisten. Das Mädchen dauerte mich sehr, bei allem erbärmlichen Gleichmut fühlte sie doch gewiß tief das trostlose ihrer Lage. Die Arme!«

Angeklagte Frauen im Schinderhannes-Prozess

Julie Blasius, 20 Jahre alt, gebürtig zu Baden Weierbach, Bänkelspielerin und Beischläferin des Schinderhannes, beschuldigt:

1. Der Landstreicherei, weil sie vor fünf Jahren ihr väterliches Haus verlassen und mit Schinderhannes herumgezogen ist, der damals schon als Räuber bekannt war.
2. Wissentlich mehrere gestohlene Sachen umsonst genommen zu haben.
3. Bei Diebstählen geholfen und teilgenommen zu haben. (2 Jahre Zuchthaus)

Margareth Eberhardt, Ehefrau des Christian Reinhard, 25 Jahre alt, aus dem ehemaligen Lothringen gebürtig, beschuldigt:

1. Der Landstreicherei seit ihrer frühesten Kindheit, wo sie ihren Geburtsort, dessen Namen sie nicht einmal anzugeben weiß, verlassen haben will.
2. Die von den Diebstählen ihres Ehemannes herrührenden Sachen wissentlich umsonst empfangen zu haben. (Verbannung)

Anne Marie Grein, Ehefrau des Georg Friedrich Schulz, 25 Jahre alt, gebürtig von Miltenberg, beschuldigt

1. Der Landstreicherei.
2. Wissentlich die von ihrem Ehemann gestohlenen Sachen umsonst empfangen zu haben. (Verbannung)

Anne Margreth Landfried, 60 Jahre alt, Kleinkrämerin, beschuldigt, den bei Seckel Löw bezeichneten Diebstahl durch Wegtragen der gestohlenen Waren erleichtert und einen Teil derselben statt Lohn empfangen zu haben.

Die Witwe Seibel: die Bande des Schinderhannes bei sich aufgenommen und seit mehreren Jahren diesen und seine Mitschuldigen in ihrem Haus gehegt, auch die gestohlenen Sachen wissentlich verheimlicht zu haben. (2 Jahre Zuchthaus)

Die großen niederländischen Räuberbanden

Hier spielt eine gewisse Familie Jacob die Hauptrolle, neben einem Picard und den Bosbeck-Brüdern. Je nach Auftreten wurden sie als Mersische Bande, als Brabantische Bande, als Neusser, Krefelder, Bergische und Märkische Bande bezeichnet. Als wäre ihre frevelhafte Beute nicht genug, verübten die wilden, herzlosen Barbaren kaum erdenkliche Grausamkeiten, um Männer und Frauen zu zerfetzen.

So sehr die Polizei sich bemühte, den Tätern der Gräueltaten auf die Spur zu kommen, es wollte ihnen doch nicht recht glücken.

Viele dieser Raubzüge fanden in Gent statt, genauer in einem Genter Bordell. Dieses ist das erste Mal, dass im Laufe der Geschichte ein Hurenhaus als Sammelplatz der Räuber erwähnt wird; künftig wird sich noch oft – fast immer – die Gelegenheit bieten, diese verschrieenen Orte der Lust als die wahren Asyle der Räuber, in der sie das Verderben ruhiger Bürger projektieren und wohin sie ihre Beute schleppen, zu beschreiben.

Franz Bosbeck irrte manchmal allein umher. Mal in Kleve, mal in Düsseldorf, in Paffrath und auch in Köln auf der Severinstraße. Sein Bruder Jan bevorzugte Holland. Franz war von robustem Körperbau, hatte einen wilden, grausamen Charakter, war kühn, mutig und dem Trunke sowie den Weibern ergeben. Einmal verbüßte er eine Strafe von 19 Monaten in einem dunklen, schrecklichen Turm unter der Erde, wo die Luft so schwer war, dass er kaum atmen konnte, wo ohnehin nicht ein einziger freundlicher Sonnenstrahl drang und seine beiden Füße bis an die Knöchel in faulem Wasser standen.

Kaum hatte er seine Freiheit wieder, dachte er nicht länger an das ausgestandene Elend. Dass Bosbeck dem anderen Geschlecht äußerst ergeben war, belegen zahlreiche Beispiele. Während seines Aufenthaltes in Mersen bei Maastricht unterhielt er eine Maitresse mit ihrer ganzen Familie und wusste nicht genug zu rauben, um diese bei guter Laune zu halten. Sie hieß Rebecca oder Helene, wie auch immer. Dass sie ihm aufs innigste zugetan war, geht aus mehr als einer Anekdote hervor. Als Bosbeck, der damals schon einen Anteil am Kommando hatte, nach dem beträchtlichen Diebstahl beim Postcommissaire Fockert im Jahre 1792 eingesperrt wurde, war sie es, die ihm seine Freiheit unter Aufopferung der ihrigen zu verschaffen wusste. Dass er aber die großmütige Tat sehr schlecht belohnte, ist leider wahr. Seine Gräueltaten füllen Bände. In Haag wurde er schließlich aufgehängt.

An anderer Stelle wird von einem Überfall bei Aachen erzählt. Das Diebesgut wurde im Hurenhaus aufgeteilt, auch einige gestohlene Effekten. In genau dieses Bordell kam aber ein Mann, der sowohl diese Effekten als auch einige der anderen Beutestücke kannte. Die Mädchen hatten schon gestohlene Halstücher zum Geschenk bekommen und trugen sie beim Eintritt des Mannes. Schnell flüstert das wohlunterrichtete Hurenweib ihnen ins Ohr, die Tücher abzulegen, und so blieb der Raub, dem man auf die Spur gekommen war, verschwiegen und unentdeckt.

Auch der legendäre Matthias Weber, genannt »Fetzer«, hatte eines seiner Quartiere im Kölner Bordell der Tüwels Drück (Teufels Gertrude). Er gehörte zu denen, die sich auf die Postwagen spezialisiert hatten, die ins Bergische fuhren. Fetzer und sein Kompagnon Müller wechselten dafür zwischen Köln und Deutz: Bald waren sie in Deutz, um den Postwagen aufzulauern, bald in Köln bei den Freudenmädchen.

Jan Bosbeck stand seinem Bruder Franz in Grausamkeit nichts nach. Schon sein Äußeres war furchterregend. Wenn er über Land zog, hatte er unter seinem Sattel und in seinen Taschen vier Pistolen; kam es zur Expedition, so hatte er diese in den Händen und einen scharfschneidenden Säbel zwischen den Zähnen. Ob er damit bei den Frauen ankam?

Die Gentlemen bitten (im Bergischen) zur Kasse

Wie blamabel! Auf den Postwagen hatte man es abgesehen, war dem Ziele schon so nah, da sprangen die Feiglinge ab, Chagre, St. und Schumacher. Nun waren nur noch die Gentlemen unter sich, die Feinen: Fetzer, Matthias Weber und sein fast ebenbürtiger Kollege Johann Müller. Jeder hatte seine eigene Rolle in der Räuberbande.

Es wurde schon Abend. Man hatte sich zu einer bestimmten Stunde verabredet, der Zülcher Wilhelm, Fritz Bröcker und Peter Meyer. Man beratschlagte im kleinen Kreise, wie man von Deutz aus nach Köln käme, wo die anderen warteten. Müller kam die Idee hinüberzufahren, um zu sehen, wo die anderen blieben. Er traf sie am Rheinufer. Man wollte sie nicht passieren lassen, weil ihre Pässe zweifelhaft waren. Aber Müller war stets ein findiger Bursche und ein guter Organisator. Er kannte einen gewissen St., der die Passkontrollen beaufsichtigte, und rief dem Ehrenmann zu: »Lass meine Kameraden rüber, wir wollen einen guten Handel machen. Morgen erhältst du ein ahnsehnliches Geschenk!« St. verhalf dem Zülcher Wilhelm, seinem Bruder und dem Fritz Bröcker zur Passage, und die Posträuber versammelten sich in Deutz. Sie vergewisserten sich, wo genau die Route des Wagens verlief, und fanden heraus, wo er nachts halten würde. Nachdem der Plan besprochen war, brachen sie einzeln wieder nach Opladen auf. Ruben Simon, der ausgesandte Spion, brachte schon in Mülheim die Kunde, dass der Wagen über Nacht auf dem Langenfeld bleiben würde, am Wirtshaus auf der Straße. Treffpunkt für alle war wie schon oft das Heiligen-Häuschen hinter Opladen. An dieser Stelle traten Müller, Fetzer und Schiemann Engländer aus der Deckung, um die anderen Bandenmitglieder feierlich anzureden. Die Feiglinge seien diesmal ausgesondert, Feigherzige hätten sie mitten in der Operation im Stich gelassen. Jeder von ihnen könne sich glücklich schätzen, dabei zu sein und ein Leben ganz ohne Not zu führen. Die Tapfersten mögen nun vorangehen, die anderen die Seiten decken und einer hinter der Truppe marschieren. Jeder trug eine geladene Pistole bei sich, doch die Anführer allein waren berechtigt, Feuer zu geben und den Befehl zum Töten zu geben.

Die Anführer brachten die Bande bis an das alte Posthaus. Ein Baum musste ausgegraben werden, um damit die Wirtshaustür einrennen zu können. Einer sollte Schildwache halten, ein anderer das Licht anzünden und ein dritter den Postwagen bewachen. Schon bewegte sich die Bande auf das Wirtshaus zu, und zwei Räuber bezogen im schwachen Schein der Wachs-und Pechlichter mit geladenen Pistolen dem Haus gegenüber Position. Der Plan war generalstabsmäßig. Vor der Tür des Wirtshauses stand der Postwagen mit seiner teuren Fracht, unmittelbar vor einem der Fenster. Also galt es zunächst, die Fuhrleute zu beschäftigen, damit sie ihnen nicht in die Quere kamen.

Darum schoben sie den Karren, der den Eingang zum Wirtshaus verstellte, beiseite und nahmen den Baumstamm, um die Tür aufzusprengen.

»Aufgeweckt von dem schrecklichen Knall«, so erzählte später ein Fuhrmann des Postwagens, »fuhr ich auf. In dem Augenblick sah ich eine Menge unbekannter, bewaffneter Leute in die Stube, vor der der Postwagen stand, hereinstürzen und das Licht im Haus, das diesen beleuchtete, mit einem Schuss auslöschen. Die Fremden sprangen auf mich zu und knebelten mich, dass ich mich nicht bewegen konnte. Das gleiche Schicksal hatte ein anderer Fuhrmann, der neben mir lag. Ich hörte ganz deutlich, wie man den Postwagen öffnete und plünderte, aber da man mich auf das Gesicht gelegt hatte, konnte ich nichts von dem, was weiter vorging, bemerken. Nach einer kleinen halben Stunde fielen zwei Schüsse nacheinander, sogleich wurden von den Räubern die mitgebrachten Lichter ausgelöscht, sie zogen weg und es wurde still.«

Der Wirt gab zu Protokoll: » Ich saß in der Wirtsstube, es war gegen Mitternacht, als ich vor dem Haus einen fürchterlichen Lärm hörte. Ehe ich noch wusste, was es zu bedeuten habe, wurden zwei meiner Glasfenster zertrümmert und die Tür in Stücke gesprengt. Auch fielen mehrere Schüsse in das Zimmer, worin ich saß. Eine Menge Räuber stürzte in diesem Augenblick herein, fiel über mich her, nahm mir Uhr und Geld ab und setzte mir eine Pistole auf die Brust. Andere schlugen mich; warfen mich zur Erde und verwundeten mich am Kopf. Nach diesem erst wurde ich geknebelt. Hierauf ging der Zug nach oben, wo meine Kinder und mein Weib, eine Wöchnerin von zwei Tagen, lagen. An dem fürchterlichen Schreien und Weinen konnte ich hören, dass man mit diesen auf die gleiche Art wie mit mir verfuhr. Zu gleicher Zeit vernahm ich am Postwagen Lärm und Kettenrasseln, welches mich bald überzeugte, was man vorhabe. Eine halbe Stunde währte es, zwei Schüsse fielen ins Zimmer, die Lichter wurden ausgelöscht, und auf den fürchterlichen Lärm folgte eine Todesstille«.

Johann Müller war der erste, der in den Postwagen eindrang, er schnitt ein Seil auseinander, öffnete den Korb, und die Schildwache erhielt den Auftrag zu fassen, was zu fassen sei. Allein die Aufstellung der Wertsachen gibt einen Eindruck über die ungewöhnlich hohe Beute:

1500 Brabanter Kronen, 1800, 400, 300, 400 und nochmals 1800 Kronen – fast 500 Kronen der Brabanter Währung. Hinzu kamen noch Reichstaler – ebenfalls über 5000.

Die Flucht führte die Räuber Richtung Hitdorf. In einem Wäldchen wurde die Beute geteilt. Den größten Batzen kriegten die Anführer: Fetzer, Müller und Schiemann Engländer, aber auch Zülcher Wilhelm. Müller steckte seinen Anteil in den Sack. Er war wohl so schwer, dass zwei Räuber dran zu tragen hatten. Dann mussten sie den Rhein überqueren, denn in Deutz und auf der rechten Rheinseite würde man sofort nach den Tätern suchen. Fischern, die gerade ankamen, versprachen die Bandenmitglieder einen guten Lohn fürs Übersetzen, die aber weigerten sich. So standen die Räuber da, entschlossen sich, den Nachen zu klauen und selbst zu besteigen, und so senkten sie die schweren Geldsäcke in das Boot. Sie stießen sich vom Ufer ab, aber keiner von ihnen konnte das Boot lenken. Fetzer und Zülcher, beides Männer der Tat, griffen schließlich nach dem Ruder. Doch auf Grund des hohen Gewichtes lag das Boot so tief im Wasser, dass die Oberfläche bis zwei Daumen breit unter den Bootsrand reichte. In der Mitte des Flusses angekommen, brach zudem noch das Ruder. Durch das Krachen erschreckt, sprangen die Männer auf, erreichten so aber unfreiwillig eine Schräglage. Aber die Männer hatten wieder Glück. Wer hängen soll, ersäuft nicht. Am anderen Ufer angekommen, trennte sich die Bande. Müller machte den Vorschlag, das geraubte Geld am Ufer zu vergraben, doch Fetzer war dazu nicht bereit. »Wo ich bleibe, muss auch mein Geld bleiben!«, rief er aus und machte sich auf den Weg nach Köln. Er überredete ein Milchmädchen, sein Geld in die Stadt zu tragen – so würde niemand Verdacht schöpfen. Noch bevor er Köln erreicht hatte, traf er einen Miträuber. Der beschwerte sich, seine ganze Habe sei ihm durch Zoll-Leute in Nippes abgenommen worden. »Was soll ich tun?«, rief er Fetzer zu. Der aber erwiderte: »Dir ist recht geschehen, dummer Esel!« und ließ ihn stehen.

Müller und Schiemann vergruben ihren Teil der Beute und begaben sich dann wie gewöhnlich ins Bordell bei der Tüwelchen Gertrude. Der Raub auf dem Langenfeld hatte die Polizei auf den Plan gebracht. Da man wusste, dass die Räuber sich oft in der Lustherberge aufhielten, tauchten die Gesetzeshüter schon bald dort auf. Die Posträuber konnten schnell noch ihre Pistolen unters Kopfkissen der Nymphen im Bordell, Marianne de Antoni und Marianne Lorschied, schieben. Gleich nach ihrer Verhaftung kam noch der Mittäter Bensberg ins Bordell, fragte nach seinen Kameraden und machte sich in seiner Angst so verdächtig, dass man auch ihn ergriff. Gegen Schiemann Engländer ergaben sich keine Anklagepunkte. Nur Müller und Bensberg wurden festgesetzt. Doch sie konnten aus einem stark bewachten Zimmer ausbrechen, indem sie einen Wächter bestachen, und gelangten so nach draußen. Lange wurde vermutet, dass ein gewisser Advokat das Geld der Haupttäter in die

Stadt gebracht hatte. Er hatte wohl den größten Teil der Beute an sich genommen und verjubelt. So bereicherten sich auch noch andere an dem spektakulären Postwagenraub, der den eigentlichen Akteuren, den Gentlemen, wenig eingebracht hatte.

Der Raub von Rösrath

In der Bande um Fetzer hatte Johann Müller es schon zu gutem Ansehen gebracht. Weiterhin gehörten noch Schiemann Engländer, ein treuer Hauptmann der Räuber, Afrom May, Michel Plattkopf, Schlager, Serves Doebele, Anton Heinze, Meyer Gas, Bensberg und Serves Joseph dazu. Eines Tages erzählte Schumacher von einem reichen Branntweinbrenner in Rösrath, bei dem wohl etwas zu holen war. So beauftragte man ihn, die Situation auszukundschaften. Er und Plattkopf kehrten schließlich mit der Nachricht zurück, dass alles ohne Schwierigkeiten zu meistern sei. Daraufhin schlichen sich einige in das Haus des Spielmanns Mathies, kauften Stricke und richteten Patronen. Dann brachen sie auf nach Rösrath. Manche von ihnen waren beritten. Kurz vor Rösrath stiegen sie ab und verbargen die Pferde in einem Eichenwald. Das fragliche Haus war von Wasser umgeben. Sie brachen mit einem ausgegrabenen Baum die Tür auf, bedrohten die Bewohner mit ihren Pistolen, banden sie fest, brachen die Schränke auf und nahmen eine beträchtliche Summe an Geld mit. Anschließend holten sie die Pferde aus dem Eichenwald und ritten nach Deutz zurück.

Ein Ordnungshüter bekam Wind von der Sache. Für sein »Schweigen« forderte er einen großen Anteil der Beute, bekam ihn aber nicht und änderte daraufhin seine Taktik. Er wollte die Räuber verhaften lassen, aber einer seiner Leute war ebenfalls käuflich. Dieser verriet das Vorhaben, und die Räuber konnten sich mit einem guten Vorsprung auf die Flucht begeben.

4. Kapitel

Räuber, Ritter und Zwerge bei der Arbeit

»Reges Verbrechen ist überall sichtbar!«

Alles ist thätig; Reges Leben ist überall sichtbar.« So schrieben die Dichter und die Besucher über das Bergische.

Reges Leben ist im Bergischen auch heute noch überall sichtbar – und hörbar, möchte man diesem Satz aus einer 200 Jahre alten Reisebeschreibung hinzusetzen. Im Jahre 1369 tauchte in Remscheid das erste Mal die Bezeichnung »Schmied« auf. Der bergische Raum im Wupperviereck Remscheid, Solingen und den jetzigen Stadtteilen Wuppertals war bis 1870 das am dichtesten besiedelte Industriegebiet in Mitteleuropa.

Viel Charakteristisches aus der Blütezeit des Eisengewerbes kann man in diesen Städten und ihrer Umgebung auch heute noch sehen. Stattliche Bürgerhäuser zeugen von der Blüte der Metallindustrie im 18. Jahrhundert. Die Besiedlung ist dicht und zumeist auf den Höhen gelegen, die Städte sind sichtbar aus kleinen Ansammlungen von Höfen zusammengewachsen. Überall dazwischen befinden sich Fabrikationsstätten im Familienbesitz – bis hin zum Großbetrieb.

Dass sich dort eine vor allem mittelständische Industrie ansiedeln konnte, obwohl die Eisenbahn diese Städte nur auf Nebenlinien berührte, hat vielleicht etwas mit dem im frühen Mittelalter gefundenen Braun- und Raseneisenstein zu tun, aber auch mit den Wäldern, die die notwendigen Voraussetzungen zur Verhüttung boten.

Die tiefen Täler sicherten vielgestaltige Möglichkeiten, mit Hilfe des Gefälles die Wasserkraft zu nutzen – ideal zum Antrieb von Schmiedehämmern und Schleifscheiben. Wie an einer Perlenschnur reihen sich bis heute im Remscheider Morsbach- und Gelpetal sowie im oberbergischen Leppetal die Fabrikationsbetriebe aneinander – aber natürlich wird dort mittlerweile mit moderner Technik gearbeitet.

Die Ursprünge der Werkzeugindustrie

Sehen wir uns zunächst das Gebiet an der Wupper an. Etliche Firmen können ihre Geschichte über das 19. Jahrhundert hinaus zurückverfolgen. Das Cronenberger Handwerksgericht regelte und reglementierte Fertigung und Absatz der Waren. Bis in die heutige Zeit zeigen sich die Auswirkungen dieses Zunftwesens aus dem 17. und 18. Jahrhundert. Die Beschränkungen auf bestimmte Erzeugnisse und Ausführungen, z. B. bei Feilen, Hämmern, Äxten, Sägen, Beiteln und Hobeleisen, oder die Aufteilung der Fertigungsstufen auf verschiedene Betriebe führt bis in dieses Jahrhundert hinein zu Betriebsbegrenzung und Arbeitsteilung. So entstanden Monopole, und gerade die Spezialisierung war es, die den Remscheider Werkzeugen weltweiten Absatz garantierte. Als die Remscheider den Export in eigene Hände nahmen und die Ausfuhr »über See« regelten, erhielt die Stadt anerkennend den Namen »Seestadt auf dem Berge«.

Zu einer ersten Blütezeit kamen die bergischen Gewerbe im 18. Jahrhundert, als die pfälzischen Herrscher regierten. In einer langen Friedensperiode – der Siebenjährige Krieg berührte das Land kaum – konnten sie sich ungestört entwickeln, gefördert von der gewerbefreundlichen Politik der Herrschenden. Neben der angrenzenden Mark galt das Bergische als das bedeutendste Gewerbegebiet Westdeutschlands. Zunächst waren das Morsbachtal und seine Nebentäler Standorte von Hammerwerken. Danach entstanden Hämmer im oberen Wupper- und im Dhünntal. Auch die märkische Konkurrenz lockte Betriebe an. Vor allem die Sensenschmiede, durch ein Privileg von 1600 eingeengt, gingen sprichwörtlich »über die Wupper«, und die preußisch-brandenburgische Regierung bot ihren Betrieben eine ungestörte Entwicklung.

Anfang des 19. Jahrhunderts bahnte sich ein Niedergang an: durch die Franzosen eingeführten Schutzzölle, Schließung des italienischen Marktes für bergische Erzeugnisse und die Kontinentalsperre führten zu einer Lähmung, und das Land wurde mit englischen Waren bedient. Die industrielle Revolution brachte der englischen Wirtschaft gerade jetzt einen entscheidenen Vorteil. Erleichterungen gab es für den bergischen Handel durch die preußische Zollgesetzgebung von 1818 und die daraus abgeleitete Aufhebung der Schutzzölle innerhalb der Monarchie. Wichtig in diesem Zusammenhang ist auch die Erschließung des Wuppertales durch die Eisenbahn.

Geraubte Arbeit – oder: Der Schmied im verwunschenen Berg

Die Sage geht von einem Siegburger Schmied, der sein schweres Tagewerk vollbracht hatte und auf dem Nachhauseweg am Wolsberg vorbeikam. Da hörte er eine Nachtigall so schön singen, dass er sich im Gras niederließ, wo ihn bald der süße Schlaf überraschte. Als er um Mitternacht erwachte, sah er vor sich einen Ritter im Harnisch, der ihm gebot, ihm zu einem eisernen Tor zu folgen. Vor dem Tor standen zwei Wächter in Waffen. Sie gingen durch das Tor in eine große Halle, in der im Schein einer seltsamen Lampe Gold und Edelsteine blinkten. Auf einem Thron saß ein König, der sein müdes Haupt geneigt hatte. Seine getreuen Untertanen flankierten ihn. Auch ihre Rüstungen glänzten ganz anders, als der Schmied es kannte. Voller Verwunderung betrat der Schmied eine zweite Halle, wo hunderte von Pferden standen, die alle schon für die Schlacht gesattelt waren.

»Alle diese Rosse müssen beschlagen werden!«, sagte der Ritter zum Schmied. »Ich werde deine Arbeit rauben, und du raubst uns ein kleines Vermögen.« Was blieb dem Schmied anderes übrig, als gleich mit der Arbeit zu beginnen? Das Schmiedefeuer flackerte schon, das Handwerkszeug lag bereit. Noch ehe der Morgen graute, hatte der fleißige Schmied seine Arbeit vollendet. Der Ritter besah sich das Werk, nickte anerkennend und gab dem Schmied als Lohn die alten Nägel. Ein seltsamer Lohn, durchfuhr es den braven Schmied. Man hatte seine Arbeit, sein Wissen, seine Kunst gestohlen, und was gab man ihm zum Dank? Rostige Hufnägel! Der Ritter begleitete den Schmied, der noch mit seinem Schicksal haderte, bis vor das Eisentor.

Dort fiel der Schmied erneut in tiefen Schlaf. Als er erwachte, suchte er sofort nach dem Eisentor, gewillt, doch noch einen gerechten Lohn einzufordern. Aber er sah weder das Tor noch die Wächter. Nur die Nägel waren ihm geblieben. Als er sie ansah, traute der Schmied seinen Augen nicht. Sie waren aus purem Gold!

(Neu erzählt nach einem Quellentext von August Lomberg)

Der listige Ritter Huhn

Der schlaue, stets auf seinen Vorteil bedachte Ritter Huhn vom Rittersitz Bruch bei Tal-Windeck hätte ein ebenbürtiger Kollege von Till Eulenspiegel sein können. Er hatte es sogar bis in den Düsseldorfer Landtag gebracht.

Der vom populären Bergischen Johann Wilhelm einberufene Landtag sollte im Jahre 1705 die Grundsteuer im Land regeln. Wo gutes Korn wächst, sollte auch mehr Geld in der Kasse sein. So sollte jeder der Abgeordneten ein regionaltypisches Brot mitbringen. Anhand der Qualität der Brote wollte man dann Rückschlüsse auf den Ertrag des Getreides ziehen. Gesagt, getan. Aus der Jülicher Börde wurde das bestes Weizenbrot mitgebracht, eine Zierde des Bäckerberufes. Aus dem Eifeler Land brachte man Roggenbrot, aus dem Clevischen ein Mischbrot. Über das Brot, das Ritter Huhn mitgebracht hatte, rümpfte man die Nase und witzelte: Euer Haferbrot frisst nur ein Huhn! Huhn aber verteidigte seine Heimat. Sie sei so rau und steinig, dass der Boden dem Getreide alles vorenthielte und lediglich Hafer wachse. Nicht ohne Grund hieß das besitzarme Land zwischen Sieg und Wupper auch »Haferspanien« …

Ritter Huhn war sicherlich kein Dieb. Und doch kribbelte es ihm unter den Nägeln. Er besann sich auf seine »räuberischen Fähigkeiten« und setzte sie ein, um Betrügern das Handwerk zu legen. So schienen dem Ritter einmal Schaufeln, die ein Händler auf dem Waldbröler Viehmarkt anbot, zu schwach für eine solide Tätigkeit.

»Eure Blechschaufeln sind mir zu winzig; ich wette mit euch, dass ich sie mit meinen Händen zusammenrollen kann!«

»Wenn ihr das könnt, schenke ich Euch meinen gesamten Vorrat!«

Huhn war ein starker Mann und begann, eine Schaufel zusammenzurollen, wie andere Zigarren rollen. Dem Eisenhändler aber untersagte er, solch minderwertige Ware weiterhin auf den Markt zu bringen. »Du klaust den Leuten mit deinen schlechten Waren ihren kleinen Reichtum!«

Eines Tages wurde Huhn auf einem Jagdausflug von einem Schneegestöber überrascht und suchte Zuflucht in einer Schmiede. Der Meister ließ sich bei seiner Arbeit nicht stören und reckte eine glühende Eisenstange nach der anderen mit schweren Schlägen aus.

»Siehst du mich nicht?«, fragte Huhn.

»Ich glaube nur, was ich sehe, und ich sehe meine Arbeit!«, entgegnete der Schmied. Während er das Feuer neu entfachte, nahm Huhn den zentnerschweren Amboss und steckte ihn unter seinen weiten Mantel. Als der Schmied den Holzklotz ohne Amboss bemerkte, erschrak er und glaubte an Hexerei.

»Man sollte dir nicht den Amboss, sondern den Aberglauben rauben!«, wetterte Huhn, und als der Schmied meinte, das Verschwinden des Ambosses sei wohl ein Spuk, schmetterte Huhn diesen an die starke Eiche, die neben dem Hammerhaus stand.

»Sieh dich mit eigenen Augen um. Dann siehst du, was man dir klaut!«, rief Huhn zornig. »Und denk nicht gleich an den Teufel.«

Mit diesem war er wohl auch nicht im Bunde, als er eines Tages nach einem Jagdgelage mit Kurt von Scheuren Karten spielte. Er hatte bereits reichlich Wein getrunken und spielte so schlecht, dass er seinen gesamten Besitz an Kurt verlor. Dieser bestand auf sein Recht, und Ritter Huhn setzte auf seinen Verstand. Er lud seinen »Spiel«-Freund zu einem letzten Umtrunk in seine Burg ein, wo er Krüge mit rotem Ahrwein und für sich andere mit rot gefärbtem Wasser auftragen ließ. Nun machte der Wein Kurt so launig, dass er die Karten forderte. Der Wein zeigte Wirkung, und nach und nach verlor Kurt das Gewonnene wieder. Huhn aber triumphierte über seine Siegesserie.

In der darauf folgenden Zeit ließ er sowohl vom Alkohol als auch vom Kartspiel die Finger. Lange wird dieser Zustand nicht angehalten haben, denn der »Bergische Eulenspiegel« raubte sich wohl kaum den Wein vom Mund.

Kinderklau bei Lindlar

Man sagte Zwergen nach, sie würden Kinder stehlen, um sie dann später gewinnbringend im Bergbau, in den Hütten und Hämmern einzusetzen. Von denen gab es zahlreiche bei Eibach, und die Spuren sieht man noch heute oberhalb der Leppestraße. Einmal soll bei Schalken einer gestorbenen Mutter das Kind genommen worden sein, dem Vater hatte man arglistig ein zahnloses altes Zwergenmütterchen in die Wiege gelegt, das sich als Säugling gebärdete. Aber dieses »Kind« wollte nicht wachsen. Das machte den Vater stutzig, und so machte er sich auf nach Lindlar zu einer weisen Frau. An den mitgebrachten Haaren erkannte die Frau gleich, dass es sich um eine steinalte Zwergin handelte.

»Man hat dir das Kind verwechselt. Du hast einen Wechselbalg genährt!«, wurde ihm gesagt. »Dein leibliches Kind befindet sich in einer Zwergenhöhle.« Die weise Frau konnte ihm sogar den Ort nennen.

»Lasst Euer Kind taufen!«, sagte die Frau später in Anwesenheit der Zwergin. Die aber hasste nichts mehr als dies. Sie verschwand mit den Worten:

»Ich bin so alt wie der düstere Wald!
Siebenmal gemollt und siebenmal gekollt*),
Und doch wieder bewachsen mit Mühlenachsen.
Ihr wollt mich tragen, nach Marienhagen**)?
Dass ich einen besseren Wuchs soll haben!«

*) gemollt = gefällt, gekollt = geköhlert, **) Marienheide als Pilgerort.

Das verwechselte Kind wurde in der verlassenen Zwergenhöhle gefunden. Die Zwerge aber taten nichts Gutes mehr im Tal der Leppe – aber auch nichts Schlechtes, wie man dann hörte.

Diese Volkserzählung (erzählt nach Heinrich Kleibauers Aufzeichnung) zeugt wiederum von der Verbindung zwischen Bergbau sowie Hütten- und Hammerwesen, gerade an den Orten, wo heute noch die Mühlenachsen zu sehen sind (Oelchenshammer, Leppetal).

Buntmetall

Auch in Bielstein lebten Zwerge, die sich vom Bergbau ernährten. Ihre Geräte waren aus Edelmetall und sehr begehrt, ihre Behausungen leuchteten von Edelsteinen. Die kleinen Bewohner waren immer geschäftig. »Reges Leben ist überall sichtbar!«, so hatte man in der Vergangenheit über das Bergische Land geschrieben. Mit ihren Hütlein konnten sich die Zwerge den Menschen unsichtbar machen. Wenn es den Bauern bei großen Feierlichkeiten an Kochgeräten mangelte, gingen sie zu der Höhle und riefen hinein: »Ihr lieben Zwerge, leiht uns bitte Kupfer und Zinn. Wir kochen bestes Essen darin!«

Eines Tages aber wurde den Zwergen dieses zu bunt, denn man hatte Essensreste sorglos in den Töpfen zurückgelassen. »Was raubt ihr uns das Gastgeschirr! Ihr seid in Kopf und Magen wirr! Wir stellen euch Geschirr aus Blei. Darin kocht ihr dann Euren Brei!«

Bekanntlich verträgt sich Blei gar nicht mit Essenszutaten und erst recht nicht mit dem Magen. So starben nach und nach die Menschen in der Umgebung von Bielstein, und die Zwerge hatten ihr Reich für sich.

Einige wenige Menschen hatten dennoch überlebt, und die verkündeten: »Wir haben einen Riesenschmacht. Einen Kupferkessel – hergebracht!« Diesem Riesenhunger nach flüssigem Brot schafft man bis heute in Bielstein Abhilfe, und den Kupferkessel kann man nach wie vor in der Brauerei besichtigen.

5. Kapitel

Immer ein guter Schnitt

Solinger Klingen

In den zahlreichen Tälern in und um Solingen sieht man noch erhaltene Bauten und Überreste von »Kotten«, wo einst die Schleifer die Wasserkraft zum Antrieb ihrer Schleifsteine nutzten. Sie begründeten den Ruf Solingens als »Klingenstadt«. Messer, Schwerter und Scheren machten die Stadt berühmt.

Das Klingenmuseum zeigt Scheren aus drei Jahrtausenden. Die Geschichte eines solch alten Kulturgutes kann hier natürlich nur gestreift werden. Wie viele verschiedene Berufsgruppen waren an der Herstellung einer Schere oder eines Messers beteiligt? Es sind vier: der Schmied, der Härter, der Schleifer und der Reider, der das Metallgut fertig stellt. Um die Qualitätsschneidwaren herstellen zu können, benötigte man oft 70 Arbeitsgänge. Bei der Schere waren es 36 Schleifvorgänge, die ein einziger Schleifer beherrschen musste.

Die alte Art des Handschmiedens muss sehr umständlich gewesen sein. Mit großem Geschick wurde vom Scherenschmied die ungefähre Gestalt aus dem Ende einer Stahlrute ausgeschmiedet, dann mit kleinen Stempeln erst der Halm, dann das Auge herausgebracht. Schließlich reckte er das Schneidblatt aus. Später geschahen das Freiformschmieden und das Gesenkschmieden in den Hämmern, die präzise Serienfabrikation möglich machten.

Im 15. und 16. Jahrhundert war die Zahl der Hämmer, wo Eisen bearbeitet wurde, höher als die der Hütten, wo das Eisen hergestellt wurde. Beide benötigten das Wasser der Bachläufe und Flüsse, das reichlich vorhanden und immerzu in Bewegung war. Schon im 14. Jahrhundert gab es in Solingen 100 Schwertschleifer, im 17. Jahrhundert bereits 1500. Auch heute geben manche Firmen noch Schleifaufträge an Heimarbeiter, die als Spezialisten fast wie Handwerksmeister ihrer Tätigkeit nachkommen.

Einblicke in die manuelle Schleiferarbeit bieten der Balkhauser Kotten, der als Arbeitsstätte und Industriedenkmal des Solinger Schleifhandwerks von einem eigens dafür gegründeten Kuratorium wieder aufgebaut wurde, sowie die Schleiferkotten und Dampfschleifereien in Solingen-Widdert.

Die Einführung des Reckhammers gegen Ende des 16. Jahrhunderts war in Solingen nicht einfach. Die Solinger schmiedeten noch von Hand und versuchten, ihren Konkurrenten in Burg und Lüttringhausen über Zunftverordnungen »das Handwerk zu legen«. Dem Fortschritt verschlossen, sollten die Schmiede noch lange an älteren Arbeitsformen festhalten. Der Kottenforscher Hendrichs formuliert dies so: »Die herkömmliche Unterteilung der Geschichte lässt das Mittelalter mit der Entdeckung Amerikas sein Ende nehmen. Unsere Betrachtung über den Solinger Schmied hat uns dagegen zu dem Ergebnis geführt, erst 1809 haltzumachen (Anmerkung des Verfassers: In diesem Jahr wurden die Zünfte durch Napoleon aufgehoben.). Bis dahin hat der Solinger Handwerker unweigerlich alle Kennzeichen mittelalterlicher wirtschaftlicher Einstellung, wenngleich auch zu seinem Schaden an Stelle der einstigen Harmonie zwischen Kopf und Hand und Werk völlige Disharmonie eingesetzt hatte.«

Noch 1794 bildete sich eine Zunft der bergischen Scherenmacher, denn um 1800 fertigte ein Zehntel der 4000 Solinger Arbeiter Scheren. Das Scherenhandwerk weitete sich an den Bächen außerhalb des Wupperviereck saus. Bis zur Erfindung der Dampfmaschine im 18. Jahrhundert wurden die Hämmer und Schleifsteine ausschließlich mit Muskel- und Wasserkraft angetrieben. Mit dem Aufkommen von Dampfkraft sowie von Gas und Elektrizität wurden die Wasserhämmer abgelöst, und die Schneidwarenherstellung bekam ein völlig neues Gesicht.

Zeugen der alten Produktionsweise sind in Solingen wie auch im benachbarten Remscheid bis heute vorhanden.

(Informationen nach: Landschaftsverband Rheinland)

Alles andere als hieb- und stichfest: Die verfeindeten Brüder von Solingen

Auf einem Solinger Gehöft lebten einst in guter Eintracht zwei Brüder. Einer der beiden trat ins Kloster ein, der zweite bewirtschaftete den väterlichen Hof. Nun kam er in die Jahre und entschloss sich, Hilfe auf den Hof zu holen und zu heiraten. Aber der Mönch versuchte, seinen Bruder mit allen Mitteln davon abzubringen. Sein Wunsch war es, das gepflegte Gut dem Kloster zu vermachen. Er hatte sogar ein Gelübde darauf abgelegt und war darauf bedacht, dass der Bruder ohne Erben blieb. Sein Einfluss war groß und so heuerte er dunkle Gestalten an, die den Bruder auf seinem Hof überfielen. Der Plan des Mönches gelang, und mit Solinger Klingen verstümmelten sie den braven Bauern dermaßen, dass er sicher keine Frau mehr bekommen würde. Als der Bauer wieder genesen war, sann er auf Rache. Auch er heuerte Männer an, die den Mönch heimlich nach Solingen brachten. Auf dem Hof ließ der Bauer den Mönch entkleiden, bestrich den Körper mit Honig, so dass allerlei fliegendes und stechendes Getier sich sammelte, und setzte ihn in einen Käfig. Angeblich soll der Käfig noch lange am Giebel des Hauses gehangen haben.

Der silberne Topf

In Widdert an der Wupper lag ein Schleifkotten, welcher von einer armen Schleiferfamilie bewohnt wurde. Wenn diese Familie einen Feiertag beging, wurde Reisbrei gekocht.

Allmählich wurde die Familie immer größer, und der alte Topf wurde bald zu klein. Einen neuen, größeren Topf konnte der Schleifer aber nicht kaufen. Dazu reichte das Geld nicht.

Nun wohnten in dem gegenüberliegenden Berg die Heinzelmännchen, welche viele Töpfe, große und kleine, besaßen. Einer der Töpfe war aus reinem Silber. Die sonst so ehrliche Hausfrau wurde ihren Grundsätzen sehr bald untreu. Sie lieh den Silbertopf aus und versetzte ihn auf dem Markt. Nun konnte sie sogar Fleisch für die Mahlzeit kaufen. Die Frau gab den Zwergen einen silberfarbenen Topf zurück, aber die bemerkten natürlich sofort, dass sie betrogen worden waren. Der Schleifer, sooft er auch seine Messer am Stein schliff, sah bald ein, dass es nutzlos war. Sie blieben stumpf. Zeitlebens.

Das Geheimnis der Solinger Klingen

Ein junger Waffenschmied aus Solingen mit Namen Severin wollte einst das Geheimnis der scharfen Klingen von Damaskus lüften. Aber vor seiner Reise in den Orient erschien ein Greis und bedeutete ihm, dass er sich die Reise ersparen könne, da das Geheimnis in der Silvesternacht auch hier im nahen Wuppertal zu erfahren sei. Zur festgesetzten Stunde schritt er an das Wasser. Auf seinem Weg öffnete sich eine Pforte, und eine Wendeltreppe führte in ein erleuchtetes Turmgemach, in welchem der Alte ihn freundlich willkommen hieß. Ein Amboss stand dort, und Werkzeuge zum Waffenschmieden lagen bereit. Der Alte nahm einen ausgeschmiedeten Eisenprengel und schlug in die glühende Kohlenmasse. Er erklärte dem Gesellen, wie er die Elemente miteinander in Verbindung bringen musste. Dann griff Severin selbst zu, und bald glänzte eine der schönsten Klingen in seiner Hand. Aber er durfte sein Wissen noch nicht nutzen. Er hatte dem Alten versprochen, erst seinen Nachkommen das Geheimnis zu verraten. Da er aber nicht warten konnte und doch heimlich schmiedete, war eines Tages seine Schmiede leer. Selbst die Kohlen im Kasten waren geraubt.

(nach Otto Schell)

6. Kapitel

Aus Bleiglanz wird Silber, aus Silber wird Gold – Falschmünzer am Werk

Silber ist Gold

Dieses Kapitel führt uns auf die Spuren der Falschmünzerei. Als Folge der zentrifugalen, auseinanderstrebenden Entwicklungen in Deutschland seit dem 10. Jahrhundert wurde das Münzrecht im Wesentlichen nur von geistlichen Machthabern, später auch von Adligen ausgeübt. Der Gewinn war die Differenz zwischen dem Wert des Münzmetalls und dem Nennwert der Münzen – so kamen weitere Einkünfte in das Säckel. An den Gewinnen der geistlichen Münzherren, die den größten Anteil stellten, waren die Könige im Rahmen der Reichskirchenherrschaft beteiligt. Die wichtigsten Münzstätten befanden sich bis zur Mitte des 11. Jahrhunderts fast ausschließlich in den Bischofsstädten. Daneben gewannen die Marktorte als Münzstätten immer größere Bedeutung. Was aber machte das kleine Fleckchen Wildberg und später das Homburger Land zu einer heimlichen Münzpräge-Region? Und später – ganz legal – das Städtchen Wipperfürth? Schlagen wir die Geschichtsbücher auf, denen wir einige Informationen zur Falschmünzerei entnehmen können. Uns begleitet ein bekanntes Sprichwort in einer für das Bergische realistischen Abwandlung: Silber ist Silber – Silber ist Gold.

Die drei Wildberger Silbergruben

Am äußersten Rand des Bergischen Landes, an der heutigen Grenze zum Bundesland Rheinland-Pfalz, ragten einstmals weithin sichtbar Fördertürme und Schornsteine in den Himmel. Dieser Winkel des oberbergischen Landes war weithin bekannt für seinen Reichtum an stark silberhaltigem Bleiglanz.

Kaiser Barbarossa machte um die Mitte des 12. Jahrhunderts seinem Kanzler, Erzbischof Rainald von Dassel, in Köln eine Schenkung. Er übergab ihm die Grube Wildberg mit dem Recht der Geldprägung – eine Belohnung dafür, dass Dassel die Gebeine der Heiligen drei Könige in Italien geraubt und nach Köln gebracht hatte. Manche »Wildberger Taler« sind heute noch in Münzsammlungen zu finden. Bis ins hohe Mittelalter reichen die urkundlichen Angaben über diese Münze zurück. Weiterhin verlieh Kaiser Heinrich V. 1122 der Abtei Siegburg das Recht, auf ihrem Gebiet Metalle abzubauen.

In Eckenhagen, Puhlbruch und Wildberg hatte schon früh ein ergiebiger Abbau stattgefunden. Durch die Goldene Bulle von 1356 ging das königliche Bergregal, das Verfügungsrecht über alle in der Erde befindlichen Erze und die so genannten vorbehaltenen Mineralien, zunächst auf die Kurfürsten und später auch auf andere Reichsstände über. Im 15. und 16.Jahrhundert kam es durch die Besserung der wirtschaftlichen Verhältnisse zu einer Steigerung der Ausbeute der Gruben, eine Entwicklung, die im Dreißigjährigen Krieg einen jähen Abbruch fand, der sich noch über 100 Jahre hinweg auswirken sollte. Erst 1718 wurde durch eine Gewerkschaft, an der auch der Großherzog von Berg und der Kurfürst von der Pfalz beteiligt waren, der Betrieb wieder aufgenommen.

In einem Bericht des Markscheiders Langenbach aus dem Jahre 1745 liest man, »dass die Erze in der (alten) Erzkammer 2 ½ Lachter (etwa 5 Meter) mächtig derb anstehen und wegen Ueberfluss an göttlichem Segen in der Erzkammer an den übrigen Stellen in der Grube nicht gearbeitet wurde!«

Bereits 1770 kam die Arbeit erneut zum Erliegen. Die Besitzer wechselten häufig. 1853 erwarben fünf Engländer das Bergwerk, die Förderung betrug zeitweise 2500 Tonnen Bleierz im Jahr. Bis zu 200 Meter in die Tiefe arbeiteten die Bergleute, die später »auf eigene Faust« nach Erzen suchten und wie Goldschürfer das gewonnene Erz nach Ertrag bezahlt erhielten. 1887 übernahm eine Siegener Gewerkschaft den Bergbau, später Wildberger Bürger. Noch um die Jahrhundertwende wurden Schächte abgeteuft. Der Betrieb hatte jetzt eine moderne Kesselanlage, elektrische Zentrale, Maschineneinrichtungen, Schachthaus mit Fördergerüst, und doch: Die Beschaffung der Kohle zur Verhüttung machte Mühe. Mit Pferdewagen musste sie von Brüchermühle und Rothemühle herangeschafft werden. Selbst der Einzug der Eisenbahn konnte den Niedergang des Erzbergbaus nicht mehr aufhalten. Die Gruben wurden trotz guter Förderergebnisse und vorzüglicher Aussichten stillgelegt.

Innenansichten

Wie aber sah es in so einer Grube aus? Von 1864 bis 1867 wurden über 250 000 Zentner Erz gefördert – das brachte eine Summe von 2 500 000 Mark. Zu dieser Zeit besaß Wildberg schon eine Schmelzhütte. Im Bergwerk brachten gute Pumpanlagen das Wasser zutage. Dies war in früheren Zeiten in Wildberg ein Problem gewesen, als man das Grubenwasser noch in Rindslederbeuteln und mit Hilfe von Rundbäumen aus der Tiefe schöpfte. Reichlich primitiv schien die Arbeit, und doch waren Kenner am Werk.

Später einfahrende Kumpel fanden noch manche Überreste aus damaliger Zeit. Ein alter Steiger erinnert sich an die Werkzeuge der Bergleute: »... Schlägel und Eisen, Pieke und Treibeisen war das ›Gezähe‹ der damaligen Bergleute und mit ihm haben sie die Gesteinsmassen und Erdschichten durchbrochen. Das Grubenlicht der alten Knappen bestand aus Lampen aus gebranntem Ton. Sie waren nur vier Zentimeter hoch. Wir fanden Reste von Kleidungsstücken aus blauer, gestrickter Wolle, einen Hut aus dickem Filz, eine Menge Sandalen aus feinem, geschmeidigem Leder, von Rost zerfressene Gezähe, hölzerne Tröge aus ausgehöhlten Baumstämmen, die zum Fortschaffen des Erzes dienten und ebenso lederne Ranzen, die denselben Zweck hatten.«
(nach G. Rottländer)

Silbervorkommen – ein geologischer Exkurs

Der Boden des Bergischen Landes war in prähistorischer Zeit Meeresboden. Als er sich nach Jahrtausenden aus dem Wasser hob, blieben mächtige Landmassen zurück, die durch die im Meerwasser gelöste Kieselsäure zu harten Grauwackebänken verkittet wurden. Die ehedem mit reichem Leben erfüllten Korallenbänke erstarben zu gewaltigen Kalkmassen, und der feine Schlamm des tieferen Meeresbodens wurde unter dem Druck der auflagernden Schichten zu Bänken aus grauem Tonschiefer. Die Zusammenziehung des allmählich erkaltenden Erdinneren brachte Verschiebungen mit sich, so dass sich Klüfte und Spalten ausbildeten. Im Kalkgebirge wurden diese rasch durch den Absatz von Kalkspat wieder gefüllt, anders aber im harten Grauwackegebirge. In die offenen Klüfte drang aus dem Inneren die Lava. Gleichzeitig aber stiegen heiße, metallsalzhaltige Gewässer aus dem Erdinneren und brachten durch ihre Abkühlung und unter dem Einfluss von Sauerstoff und Kohlensäure chemische Prozesse in Gang. So wurden die Erzlager zur Ausscheidung gebracht. Deshalb finden sich im Bergischen Land Bleiglanz und Zinkblende, gelegentlich auch Kupfererze. Bleiglanz enthält im Verhältnis 1 : 1000 das begehrte Silber.

Die Grafen von Berg: Das Silber »legal« umgemünzt …

Das Schürfrecht, das so genannte Bergregal, erhielten die Herren von Berg erst 1437. Kaum waren sie im Besitz der Gruben, so erhoben sie auch schon Wildberg zur Münzstätte, ohne überhaupt das Recht der Münzprägung zu besitzen. Für den Kölner Erzbischof lässt sich ein Münzrecht ebenso wenig nachweisen, doch er war mächtig und genoss zudem die Duldung seines königlichen Herrn. So versorgte Köln sich und die angrenzenden Gebiete mit Geld. Die Grafen von Berg sahen das nicht gern, schließlich befand sich das Silber in ihrem Besitz. Irgendwo bei Wildberg wurden also in einem Handwerksbetrieb Münzen hergestellt. Die Prägestempel bestanden aus Eisen, in die das Münzbild eingeschnitten und gehärtet wurde. Der Unterstempel wurde auf ein feststehendes, der Oberstempel auf ein handgerechtes Holzstück montiert. Die ungeprägte Silberscheibe, der Schrötling, wurde erhitzt, um es zum Prägen geschmeidig zu machen. Mit einem Hammerschlag wurde dann die Prägung vollzogen. So entstanden auch viele unzentrische Stücke.

So eine einfache Arbeit konnte auch in einem Versteck erledigt werden.

Die Grafen von Berg waren gerissen: Sie machten ihre Münzen den authentischen Kölner Münzen so ähnlich, dass man sie ohne weiteres nicht auseinanderhalten konnte. Der einzige Unterschied bestand im Namenszug. Der

Name des Erzbischofs war ersetzt durch den Namen derer von Berg – für die zumeist leseunkundige Bevölkerung kaum erkennbar. Zeitweilig trugen aber auch die Wildberger Münzen Namen und Bild des Erzbischofs. So geriet der geistliche Herr selbst in den Verdacht, die Falschmünzerei zu fördern. Kölner Bürger beschwerten sich, und Rudolf der I. gestattete schließlich dem Grafen von Berg eine neue Münzstätte in Wipperfürth.

Silbermünzenfälscher im Nutscheid

Nicht weit vom Nutscheid, an der Landesgrenze zwischen Homburg und Windeck, liegt der Galgenberg. Der Windecker Galgen stand dort bis etwa 1575, eine gefürchtete Richtstätte. Eine diesen Galgen betreffende Eintragung befindet sich im Waldbröler Kirchenbuch:

»Den 24. July 1714 ist Jos. Klein vom Rotland wegen deß Geldmachens, so er gethan, zum Gericht in das Notscheid geführt worden. Richter war J. W. Hillesheim und Scharfrichter Arnold Scharenbach aus Rommen. Weil dieser Jos. Klein gutwillig bekand, daß er Münzen gemacht, alßo hat Ihrer Churfürstl. Hoheit ihm die Gnade angethan, daß nach dem Hauptabschlag der Cörper auf dem Friedhof beerdigt werde. Wilh. Wirth. Pastor.«

Die Pfeife des verurteilten Geldfälschers

Immer wieder hörte man Galgengeschichten, die aber mehr im Bereich des Sagenhaften zu anzusiedeln waren. Eine besonders schöne spielt am Fuße eines Galgens. Der Delinquent hatte sich ausbedungen, vor dem Tod noch einmal seine geliebte Pfeife zu rauchen. Dieser Bitte wurde höchstrichterlich stattgegeben. Als der vermeintliche Münzfälscher aber langsam an der Pfeife zog und den Qualm um sein bärtiges Gesicht spielen ließ, wurde der Henker ungeduldig. Er nahm dem armen Sünder die Pfeife aus der Hand und befahl dem Armen, sofort das Treppchen zu besteigen. Gerade wollte das Hanfseil den Hals würgen, da kam ein Bote auf einem Pferd herangesprengt: »Haltet ein. Der Mann ist ohne Schuld!«

Sofort zog der Beschuldigte den Kopf aus der Schlinge, ging das Treppchen hinab, jubelte vor Freude und nahm die Pfeife wieder in den Mund. Er besah sich diese und meinte lautstark: »Verdeckt noch eins. Bei diesem Spaß ist meine Pfeife wohl ausgegangen. Das macht ihr nicht noch mal mit mir!«

Münzfälscher im Homburgischen

So manches Falschmünzerwerkzeug wurde von der Obrigkeit einbehalten. Man fand die Stempel, Rohlinge und Hämmer in ausgehöhlten Linden, hinter Kaminen und auf Dachböden.

Eine Aushebung in Homburg am 28.2.1694 wurde so beschrieben:

Zu den gefundenen Werkzeugen gehörten:

1. Ein Probierofen
2. Eine kupferne Siedeschale
3. Ein kupfernes Trockenbecken
4. Ein großer und kleiner eiserner Dreifuß
5. Eine blecherne thur? und 3 Schmelzöfen
6. Eine eiserne Zange
7. Fünf Schmelzlöffel Prägewerk, drei Prägehamer, zwei Platthammer, eine Waage mit Messingschalen, Messinggewichte.

Und man fand auch: 52 Marck Schrott.

Aber man fand nicht nur die Werkzeuge, sondern auch die dazugehörigen Münzfälscher. »Die Aushebung der Heckenmünze auf Schloss Homburg im Jahre 1694« wird eingehend beschrieben. So heißt es u. a.:

»In den Jahren 1672–1678 und 1688–1695 herrschte im Westen des Reichs der Konflikt mit Frankreich und im

Süden in dem Zeitraum von 1682–1699 der Türkenkrieg. Da die umlaufenden Geldmengen zur Finanzierung der großen Heere nicht ausreichten, besorgten sich die Staaten die benötigten Mengen durch Geldverschlechterung. Zu diesem Zweck gründeten Kurbrandenburg und Kursachsen 1667 den Zinnaischen Münzverein, um den alten Reichstalerfuß von 1566 zu … ersetzen.« (…) »In dieser Zeit prägten die kleineren Herrschaften und Grafschaften im besonderen Maße minderwertige Gulden. Doch auch ohne Hinzuziehung der kleineren Prägeanstalten war der Silbergehalt der Münzen stetig gesunken.« (…) »Das kaiserliche Verbot von 1676, dass die Ausmünzung von Gulden nach Zinnaischem Fuß untersagte, umgingen die kleineren Münzstände dadurch, dass sie die nach 1676 geprägte Münzen mit eben dieser oder einer vorangehenden Jahreszahl versahen.« (…) »Um wenigsten der illegalen Prägetätigkeit – dem Heckenmünzwesen – Herr zu werden, wurden die Reichskreise aufgefordert, entsprechende Gegenmaßnahmen zu ergreifen.« (…) »Auf dem 1686 einberufenen ›Probationstag‹ mussten die Beteiligten feststellen, dass sich niemand an das Verbot der Ausprägung von Scheidemünzen hielt.« (…) »Führend im Heckenmünzwesen … war der Graf Gustav von Sayn-Wittgenstein-Hohenstein.« (…) »Der Graf vereinbarte mit dem als Heckenmünzmeister berüchtigten Johann Leonhard Arensburg die Ausprägung minderwertiger Gulden…in Homburg…«.

Nun wurde Gustav verboten, Münzen zu prägen, weil er dadurch dem »Heyligen Römischen Reich … einen unwiederbringlichen Schaden zugefügt hatte!« (…) »Nach der Aufhebung des Münzregals unterzeichnete Graf Gustav dennoch einen Vertrag mit Wilhelm Frie-

drich zu Sayn-Wittgenstein-Homburg, indem das Münzwesen auf Schloß Homburg weiter betrieben werden sollte.« Man versuchte der Umschmelzung der Münzen, sobald eine neue Verordnung in Kraft trat, Herr zu werden. Um der Flut minderwertiger Gulden Herr zu werden, besann man sich, durch extra Markierungen diese schlechten Münzen zu zeichnen. Als alles nichts half, schickte der Kaiser Mitte der 1680er Jahre Strafexpeditionen aus, um gegen die Heckenmünzer erfolgreich vorzugehen. »Trotz eines ausgeklügelten Informationsnetzes gelang die Bekämpfung der Heckenmünzen nur mit mäßigem Erfolg. Nach Abzug der Truppen wurde der Betrieb wieder aufgenommen. Die Prozesse gegen die Heckenmünzer waren da wesentlich effektiver, denn im Laufe der Zeit konnten immer mehr Münzverbrecher gefasst werden und die Angeklagten mussten mit hohen Geldstrafen und mehrjährigen Gefängnisstrafen rechnen. Auch die Silberlieferanten und die Regalherren wurden mit empfindlichen Strafen bedacht.«
(nach: Eric Barthelemy: »Beiträge zur Geschichte der Herrschaft Homburg an der Mark«, Nümbrecht 1993)

Auszüge aus Protokollen von Verhören,
bewusst in der Sprache gelassen und in unverständlichen Passagen noch nachgebessert:

Homburg, 27. Feb. 1694

Wie er heiße?

Sagt Johan Dithmar.

Wo er bürtig?

Sagt aus der Grafschaft Manßfeld.

Was seine Profession?

Sagt ein Müntzmeister bei dem grafen von hohenloh für sechs Jahre und zu Fürstenau und Darmstadt Müntzmeister gewesen.

Wie er hiehin kommen?

Sagt von Heidelberg, alwo er ein Münzmeister sollte worden sein, weil aber die Franzosen selbige Stadt eingenommen, seye er von dah nach Homburg, alwo seine frau zu Hauß, gangen, und von dah hette er sich nach Düsseldorff begeben wollen … hette er aber hier vernommen, dass man alhier zu Homburg, das Müntz wesen aufrichten wolen …

Wie lang er Müntzmeister gewesen?

Sagt ein Halb Jahr.

Um welche Zeit seye angefangen worden zu müntzen, und wie lange man damit fortgefahren?

Sagt vor ungefähr acht wochen, habe Probe gemacht und davon 31 Stück gefertigt und nachher nach Cölln gebracht. Habe er sie (die Münzen) zu gering befunden, welches er dem grafen ahngegeben…

Was für müntzen geschlagen seyen?

Sagt nichts als 2/3 stücke…

Wer den Stempel geschnitten?

Sagt beim Eysen schneider zu Cöln …

Ob ihm noch eine Müntzstätte alhier in der nähe herumb bewust seyen?

Sagt auf dem Schloss Greifenstein seyen Batzen gemüntzet worden …

(Eric Barthelemy: »Beiträge zur Geschichte der Herrschaft Homburg an der Mark«, Nümbrecht 1993)

Aus gleicher Quelle:

Friedenwaldt, den 2. März 1694

Wie er heisse?

Sagt Herman Schmitt.

Wo er gebürtig?

Sagt zu Rommershagen, ein dorff im Colnischen sauerland eines Wirths son.

Was seine profession?

Sagt hette nichts anders als die bauerei gelernet, könte jedoch schreiben und lesen.

Ob er nicht wissenschaft müntze zu machen?

Sagt nein ganz und gar nicht.

Ob er niemals auf dem gräflichen hause Homburg gewesen?

Sagt ja diesen winter umb lichtmeß einmahl und weiter nicht, hette aber weder von müntzmeister noch wardein jemahls gesehen oder gesprochen.

Was er daselbst zu verrichten gehabt?

Sagt der graff zu Homburg ... hette seinen Vatter ... durch Bedienstete schreiben lassen, er solle nach Homburg kommen, sie wollten mit handeln, ob er ihnen silber uff die Müntze Ducatos und Thaler bringen könne ... Es wäre ihm aber nicht angestanden und er darauf wieder nacher hauß gegangen.

Ob er mit silber oder gelte einzuwechseln und umbzusetzen, zu handeln pflegte?

Sagt nein.

Ob ihm nicht angeboten seye, die müntze anzunehmen, oder er selbst sich erbothen, solche anzunehmen?

Sagt nein ...

7. Kapitel

Donnerkraut – Ein Leben auf dem Pulverfass

Bergisches Pulver

Am Oberlauf der Wupper, die dort noch Wipper heißt, schlugen einst lautstark die Stampfen, und im idyllischen Tal pulsierten Industrie und Handel. Die Täler waren von Lärm erfüllt und die Börsen der Fabrikbesitzer mit Geld gefüllt. Mit Recht sprach man einst im Tal der Wipper vom »Königreich Buchholz«. Die ehemals 30 Pulvermühlen der Besitzerfamilien Buchholz und Cramer, die sich durch Heirat vereinigt hatten, brachten dem Landstrich zwischen Marienheide und Wipperfürth so viel Gewinn, dass die Fabrikanten mehr Steuern zahlten als alle anderen Einwohner zusammen. Vor allem das »Rönsahler Pulver« war sehr begehrt.

In Ballenbrügge errichtete ein Johann Walter die erste Pulvermühle. Dass er schon 1620 Pulver lieferte, ist aktenkundig. Heute liegt die Mühle auf dem Grund der Lingese-Talsperre. Von anderen kann man noch bescheidene Reste sehen. Die Arbeit in den Pulvermühlen war überaus hart und gefährlich.

Technischer Aufbau

Poch- und Stampfwerke wurden früher im Bergbau zur Zerkleinerung des Erzes gebraucht. Sie bestanden aus einer Reihe von hölzernen Pochstempeln (Stampfen), die an der Unterseite meist mit Eisen beschlagen waren. Angehoben wurden sie durch eine Daumenwelle (eine Welle mit Hebearmen), um im freien Fall in den Pochtrog zurückzustürzen. Auf diese Weise wurde das Material zerkleinert. Bei den Pulvermachern durften die Pochstempel aber auf keinen Fall mit Eisen beschlagen sein. Sie wurden mit einem buchenen »Holz beschuhet«. Man stampfte 24 bis 30 Stunden und setzte immer wieder etwas Wasser zu, damit nicht zu trocken gestampft wurde, was das Verstäuben sowie die Gefahr des Entzündens weitgehend vermied. Mit weniger Gefahr – aber mit mehr Zeitaufwand – arbeiteten die Walzenmühlen, wo die Materialien (Salpeter, Schwefel, Holzkohle) nicht durch Stampfen, sondern durch Zerdrücken miteinander vereinigt wurden. Meistens waren es zylindrische Marmorsteine, die – durch ein Wasserrad angetrieben – in einem kreisförmigen Kanal umliefen. Mit den Stampfen gelang die Vermischung jedoch besser. Deshalb gab es Mühlen, die beide Formen kombinierten und die Materialien zuerst in der Walzenmühle aufbereiteten und nach etwa sieben Stunden in der Stampfmühle weiterverarbeiteten.

Ein gefährliches Leben

Wer den Ort Ohl zwischen Marienheide und Wipperfürth auf der Bundesstraße 256 aufsucht, wird vielleicht erfahren, dass dort der bekannte Trainer Udo Lattek aufgewachsen ist. Ältere Menschen erinnern sich aber auch noch an die Pulverindustrie, die dieser Region im bergisch-märkischen Grenzgebiet den Titel »Königreich Buchholz« eingebracht hat. 300 Jahre lang wurde hier das überall begehrte »Rönsahler Pulver« hergestellt, am Oberlauf der Wupper, die hier noch Wipper heißt, ebenso wie an einem kleinen Seitenbach, der Kerspe.

Damals konnte man von einem kleinen Königreich sprechen; allein zum Erbgut Krommenohl gehörten einst 3000 Morgen Land, und dabei ist der Besitz der Rönsahler Pulverfabrikanten nicht einmal mitgerechnet. Erworben haben diesen Besitz Angehörige der Familie Cramer, in deren Pulverfirma um 1830 ein junger Mann mit Namen Carl Friedrich Buchholz eintrat. Durch Einheirat firmierten die Pulverfabrikanten dann unter »Cramer & Buchholz«. Zeitweise war die Firma Alleinlieferant für Militärpulver nach Dänemark, Holland, Schweden, Norwegen und in die Schweiz.

An den Häusern in Ohl wehten bei festlichen Anlässen Fahnen in den Farben schwarz-weiß-gelb. Sie standen einzig und allein für das »Königreich Buchholz«: die Farben der Holzkohle, des Schwefels und des Salpeters. Der Mönch Berthold Schwarz hatte im 14. Jahrhundert die Explosivität der Mischung bei einem seiner alchimistischen Versuche zur Goldherstellung »zufällig entdeckt«, und die Pulverfabrikanten verstanden es nun, aus diesem Gemisch »ihr Gold« zu machen.

Die Zusammensetzung des Rönsahler Pulvers war lange Zeit streng gehütetes Geheimnis: Es bestand aus 65 % Salpeter, 20–22 % Schwefel und 12–13 % Holzkohle. Salpeter und Schwefel wurden aus Übersee importiert, z. B. mit den schnellen Segelschiffen, »Clipper« genannt, aus Chile. Auf dem Landwege wurden sie dann mit Pferdefuhrwerken in Fässern und Säcken ins Wippertal gebracht. Der Faulbaum aber, aus dem die Holzkohle gewonnen wurde, wuchs in den heimischen Wäldern. Von den dünnen Stämmen entfernte man mit dem Holzhammer die Rinde, trocknete das Holz vor und verkaufte es dann bündelweise an die Fabrikanten. Erst nach langer Lagerung in Schuppen wurde das nun »pulvertrockene Holz« in speziellen Brennöfen zu feiner Holzkohle verkohlt.

Einige ältere Menschen erinnern sich vielleicht noch daran, in der Jugend Faulbaumholz gesammelt zu haben – ein lohnender Nebenerwerb.

Nur ein Funke genügte

Die Pulverproduktion innerhalb der Stadtgebiete war damals verboten. Man baute die Mühlen gern in der bergisch-märkischen Grenzregion, die dünn besiedelt war. Außerdem gab es dort Wasserläufe und billige Arbeitskräfte. Oft wurden die Pulverfabrikanten wegen ihrer Religionszugehörigkeit (viele Hugenotten) geächtet und ausgegrenzt.

Die Herstellung des Pulvers lässt sich bis ins Jahr 1620 zurückverfolgen, als ein Jörgen Walter zu Ballenbrügge die erste Mühle errichtete. Ihr folgten im Laufe der Jahrhunderte etwa 30 weitere, und die lauten Stampfen erfüllten die idyllischen Täler mit Lärm.

Für die Vermengung wurden die Zutaten Salpeter, Schwefel und Holzkohle in Kumphölzern – das waren ausgehöhlte, dicke Baumstämme – zusammengebracht. Die Stempel, etwa 10 kg schwer, schlugen so lange auf die Mischung, bis sich eine dichte Masse gebildet hatte. Je größer die Verdichtung, desto besser war die Verbrennung.

Wehe aber, wenn sich dieses »Pulverfass« durch zu geringe Durchfeuchtung selbst entzündete! In der Monatsschrift des Bergischen Geschichtsvereins von 1917 wird der Fabrikant Johann Herman Cramer zitiert:

»... da ich aber 1/4 Stunde aus der Mühle gewesen, hatt einer von diesen Arbeitern auf einen höltzernen Pfahlhal trocken geschlagen, worneben ein Eisernen (Nagel) ohnzusehen gesteckt, so ist aus dem Eisernen Pfahl Feuer entstanden, wodurch die Mühle in Brand gerathen und das nebenstehende Siebehaus in die Luft geflogen ist.« Das war im Jahre 1765, und fünf Arbeiter erlitten bei diesem Unfall schwere Verletzungen.

Von einem anderen Unglück heißt es: »In ein Getrieberad sollten neue Holzzähne eingesetzt werden. Dabei musste der Zimmermann vermutlich in einen Nagel gesägt haben. Jedenfalls ging die Mühle in die Luft. Das Kumpholz der Mühle flog mehr als 100 Meter weit. Unsere Hilfe kam zu spät. Der Zimmermann verbrannte, noch bevor wir eingreifen konnten.« Das war 1920.

Der Mühlenkenner Erich Radermacher, dessen Vorfahren in der Pulvermühle arbeiteten, erklärt, dass in den Gebäuden absichtlich eine Wand nicht aus Stein sondern aus Holz errichtet wurde, um bei einer Explosion den Druck zu vermindern. Er weiß auch, dass das schlimmste der Staub war. Die Werkstätten waren so mit feinem, entzündlichem Staub gefüllt, dass ein einziger kleiner Funke genügte, um die ganze Mühle explodieren zu lassen. Keiner durfte daher mit genagelten Schuhen die Mühle betreten. Keiner durfte einen eisernen Hammer, einen Nagel oder einen Schlüssel mitbringen – alle Werkzeuge waren aus Kupfer. Rauchen durften die Arbeiter nur in dem eigens gebauten und 100 Meter von den Produktionsstätten entfernt gelegenen »Tabac-Häuschen«. Dort wurde auch mal ein Schnaps getrunken, weiß Herr Radermacher, der sich dieses kleine Haus als sein Anwesen ausgebaut hat.

Musste in der Mühle etwas repariert werden, wurde das ganze Gebäude vorher mit Wasser abgespritzt. Alles musste kalt und nass sein. Das Leben der Pulverer war in der Tat sehr gefährlich. Und dennoch hielten viele

Familien den Unternehmern die Treue – wie die Radermachers. Viele erhielten eine Betriebsrente, was im Wippertal keine Seltenheit war. Und auch der Fortschritt zog mit den Fabrikanten in die Arbeiterwohungen: In Krommenohl gab es früher elektrischen Strom als in Köln.

In Zeiten der Rezession wurden die Arbeiter nicht entlassen. Wurde nicht genügend erwirtschaftet, mussten sie die Waldwege kehren oder ähnliche überflüssige Dinge verrichten. Der Arbeitsplatz war ihnen jedenfalls sicher.

Bevor das Pulver den Weg zum »Verbraucher« antreten konnte, musste es noch gekörnt werden, um auch nach der langen Reise in einem zuverlässigen Mischungsverhältnis gebrauchsfertig zu sein. Es wurde zudem poliert, glasiert und getrocknet. Mit Pferdewagen ging es dann auf langen Wegen bis Ostpreußen oder Ungarn. In Ortschaften wurden die Wagen mit der explosiven Ladung stets von Gendarmen oder anderen ausgebildeten Personen begleitet. Um ihre Gefährlichkeit weithin sichtbar zu machen, waren die Wagen mit einem großen weißen »P« auf schwarzem Grund versehen.

Immer wieder wurde auch von Überfällen auf die begehrte Fracht berichtet, zumal die gefährlichen Transporte mancherorts nur nachts passieren durften. Ein doppeltes Risiko herrschte auf unwegsamen Straßen.

Gefährliche Begegnung auf dem Pulverweg

Der Pulvertransportweg führte am Waldrand entlang, durch Bachsenken und über Bergzüge von Ohl nach Rönsahl hinauf und dann über Voiswinkel ins märkische Halver. Es war genau festgelegt, wer welchen Weg benutzten durfte. Heute waren wieder die Kohletreiber unterwegs, die allerdings gern die Wege der Pulverfahrer nutzten, weil sie dort keine Straßenzölle zahlen mussten. Lange Karawanen ausgemergelter Pferde, die unter der Last der Kohlensäcke schier zusammenzubrechen drohten, zogen über den »Bovenmühlenweg« der Pulverfahrer. Sie kamen von den Halden aus Witten über Schwelm und Anschlag, um ihre Kohle ins Siegerland zu bringen, denn dort befanden sich die großen Erzhütten. Mit oft nur kleiner Beifracht traten sie den Rückweg an.

Die Pulverfahrer unterschieden sich von den eher grobschlächtigen Kohletreibern durch ihre ruhigere, bedächtigere Art, die bei der gefährlichen Fracht auch unbedingt notwendig war. Meist waren es Recken von hünenhafter Gestalt. Diejenigen, die klein von Wuchs waren, wirkten sehnig und zäh. Wind und Wetter hatten ihnen Gesicht und Hände gegerbt. Sie saßen in ihren ledernen Botzen, Schutzhüllen über den Hosen, auf dem Kutschbock oder gingen neben dem Führpferd her. Manche Fuhrleute trugen den blauen bergischen Leinenkittel. Anton Schmale hatte eine Pfeife im Mund. Wie gefährlich das sein konnte, wurde immer offenkundig, wenn ein Pulverfuhrwerk verunglückte. Aber Unglücke passierten nur den anderen, und schon gar nicht passierten sie gewissermaßen vor der Haustür, sondern irgendwo in der Fremde, in Ostpreußen oder im fernen Ungarn. Anton Schmale jedenfalls wiegte sich in Sicherheit. Solange, bis er in den schmalen Hohlweg bei Erlenkotten einbog. Vom Kohlestaub geschwärzte Gesichter blickten ihn an. Es waren derer vier, und Anton Schmale ließ seinen Pfeifendeckel zuklappen. Gefahr war im Verzuge, denn die Männer führten offensichtlich nichts Gutes im Schilde.

Kaum hatte er sich entschieden, die Pferde vorwärts zu treiben, da sah er schon hinter der Wegbiegung ein Hindernis aus Sträuchern und einem umgestürzten Baum. An ein Vorbeikommen war nicht zu denken. Alleine gegen vier, das konnte nicht gut gehen. Der erfahrene Mann dachte einen kurzen Moment nach und sagte dann zu den Pulverräubern:

»Was ihr wollt, weiß ich. Was ihr könnt, weiß ich auch. Nämlich nichts. Nur Saufen und Fluchen. Ihr könnt das Pulver nicht einmal auf euren Kleppern transportieren, die brechen zusammen unter der Last.«

»Das wollen wir doch sehen!«, rief Drikes und hub mit einem schiefen Gewehr in Richtung Schmale. »Was Du kannst, das können wir schon lange. Wir brauchen nur etwas von deiner Ladung, dann lassen wir dich weiterziehen!«

»Gebt euch zu erkennen!«, forderte der ehrliche Schmale. Aber die verrußten Männer hatten kein Interesse daran, Spuren zu hinterlassen. Sie gingen zu dem aufgehaltenen Wagen, nahmen vier Fässer heraus und dann noch einmal vier.

»Für jeden zwei. Auf einem Bein steht man ja auch schlecht!«, lachte der lange Hotte.

»Ihr könnt Kohlen fahren, aber kein Pulver!«, warnte Schmale. Es kann beim leisesten Schlag explodieren, es verträgt kein Gerumpel, sondern braucht eine rollende, gleichmäßige Bewegung!«

Aber die Männer hörten nicht zu und machten sich über ihn lustig, denn sie kamen aus Siegen und waren in Richtung Ruhr unterwegs, hatten also kaum Lasten zu transportieren.

»Ihr gefährdet nicht nur euch! Außerdem werdet ihr keine Kontrolle passieren.«

»Dafür haben wir unsere Kohlensäcke dabei. Da passt auch so ein Fass hinein. Und auf ein Pferd passen zwei Säcke und also auch zwei Fässer!«, bemerkte Drikes. Schon ging er auf die anderen zu und prüfte, wie gut diese die Fässer an ihren schmalen Pferden gesichert hatten. »Auf geht's!«, rief er. »Jetzt werden wir uns ein wenig vergnügen, denn das Geld für das Pulver ist nicht gerade wenig!«

Schon trabten die Pferde an, und Schmale überlegte, ob er die Verfolgung aufnehmen oder auf der Höhe an der Wegekreuzung drehen und umkehren sollte. Die Fahrt war für ihn sinnlos geworden. Seine Frau hatte ihm extra 40 Paar Socken mitgegeben für die Fahrt nach Petersburg, aber die würde er jetzt nicht brauchen. Als erfahrener Fuhrmann hatte er schon manches miterlebt, aber dass dreiste Burschen ihm die halbe Pulverladung schon zu Beginn seiner Reise entwendeten, das war noch nie vorgekommen. Was tun?

Plötzlich scheuten Schmales Pferde. Irgendetwas lag in der Luft. Schmale war froh, mit dem Leben davon gekommen zu sein, und beschloss, auf der Höhe zu wenden.

Im engen Hohlweg, der zudem von dem Gestrüpp der Wegelagerer noch schmaler geworden war, war an Wenden nicht zu denken. Die Räuber hatten die schmale Stelle passieren können, doch Schmale musste erst einige Sträucher beiseite räumen. Doch warum scheuten seine Pferde? Spürten sie ein Unglück herannahen? Die Kohletreiber hatten einen gefährlichen Transport vor sich, aber er? Erst jetzt merkte Schmale, dass auf der Ladefläche des Wagens ein Feuer entstanden war, jetzt konnte er es riechen und wollte es schnell ersticken – doch es war zu spät.

Die Socken, die Frau Schmale gestrickt hatte, verbrannten mit den Pulverfässern, und sowohl der tüchtige Herr Schmale als auch die Pferde starben einen qualvollen Tod.

8. Kapitel

»Toben, saufen, fluchen!« Vom Kohlebergbau und räuberischen Kohlentransporten ins Bergische Land

Das schwarze Gold

Die Sprockhöveler im Ennepe-Ruhr-Kreis sind stolz auf ihre Vergangenheit. Nicht in Essen oder Bochum, nein, hier im Grenzgebiet zum Bergischen Land stand einst die »Wiege des Ruhrkohlenbergbaus«.

Unweit von Wuppertal-Barmen treten die Kohlenflöze in der »Herzkämper Mulde« sichtbar an die Oberfläche. Aus gutem Grund wird dort die Legende von dem Hirtenjungen erzählt, der beim Feuermachen auf das »schwarze Gold« stieß.

Schriftliche Zeugnisse belegen den Steinkohlebergbau in Sprockhövel bereits zwischen 1450 und 1480. So prägte der Bergbau die Menschen dort über 500 Jahre. Im 18. Jahrhundert befanden sich in Sprockhövel die größten märkischen Zechen. Die bekannteste von ihnen, die »Alte Haase«, wurde 1969 stillgelegt. Über 1500 Menschen arbeiteten dort. So ist es nicht erstaunlich, dass im Wappen der Stadt ein Stollenmundloch mit Hammer und Schlegel abgebildet ist.

Neben dem Kohleabbau selbst war der Transport des »schwarzen Goldes« ein bedeutender Erwerbszweig. 1826 fuhren täglich bis zu 1000 Kohlenkarren über die Schmiede- und Wittener Straße zu den Hämmern und Schmieden des Bergischen Landes. Dort gab es nahezu alles, was für die frühe Montanindustrie notwendig war – bis auf Kohle.

Blicken wir zurück.

Raubbau an der Natur – Anno 1547 und 1737

Das älteste Dokument, das Aufschluss über den Kohlebergbau im Raum Sprockhövel gibt, ist ein Teilungsvertrag, der das Gut Schee betrifft und festlegt, dass die Erben die Kohleberge »zusammen gebrauchen und ein jeder Kohlengewinne nach seiner Berechnung« nutzen darf.

Mit dem Erlass der Bergordnung von 1737 verlangte Friedrich Wilhelm I. die Unterordnung der Bergbaubetriebe – meist nur Familienbetriebe mit wenigen Beschäftigten – unter die staatlich-preußische Bergverwaltung. Ziel war ein geregelter Abbau der Kohle mit einer steuerlichen Erfassung der Fördermengen.

Zu dieser Zeit waren die ehemals reichlich vorhandenden, ausgedehnten Wälder, die den Rohstoff für die Holzkohle lieferten, dem seit alters her gebräuchlichen Energieträger für die Eisenverhüttung und -bearbeitung, bereits knapp geworden. Hier war Raubbau betrieben worden. Aufgrund des aufgetretenen Mangels erhielt die Förderung der Steinkohle ihre »Chance«.

Raubbau an den Menschen – Anno 1817

Für das Jahr 1817 liegt uns eine zeitgenössische Beschreibung von Mathilde Franziska Anneke aus Oberleveringhausen im Stadtteil Hiddinghausen vor:

»Obwohl meine Geburt nun mitten in das Hungerjahr 1817 fiel, so bin ich doch glücklich genug, nichts von den Schrecken desselben anders als vom Hörensagen erzählen zu können.

Lerchenhausen (Leveringhausen) liegt in einer wilden Gegend. Die Wälder ringsumher waren die Hinterhalte des Schinderhannes und Rinaldinos des angrenzenden reichen bergischen Landes. Sie waren die Heimat der gefürchteten ›Knüppelrussen‹, die sich in den sogenannten Freiheitskriegen dem bedrängten König von Preußen in wohlgeordneten Scharen, mit Knüppeln als einziger Waffe versehen, angeboten und sich verbindlich machten, den großen Napoleon mit dem kleinen Hütchen mit Haut und Haaren aufzufressen. In dieser Gegend war es auch, in der die gefürchteten »Brothusaren« auftauchten, und zwar in Banden zu fünfzig und hundert Männern, alle mit Kohle schwarz gefärbt und mit Stöcken und Knüppeln, gleich den Knüppelrussen, bewehrt. Sie fielen bei Nacht und Nebel über die königlichen Magazine her, die noch Korn in Hülle und Fülle aufspeicherten …«

Arbeit – Anno 1826

Die Straße von Witten nach Barmen war mit an die 1000 Kohlekarren am Tag wohl die meist befahrene Straße im Staat Preußen. Eine projektierte Pferdebahn scheiterte an den Petitionen der Gewerke und vor allem der Kohletreiber. Zwanzig Jahre später war jeder zweite Arbeitnehmer aus Sprockhövel in Handwerk, Bergbau, Baugewerbe oder Industrie tätig. Die Verflechtung von Industrie und Handel wird deutlich, wenn man liest, dass weitere 29 % der Beschäftigten Arbeit bei Händlern, Kaufleuten, Fuhrleuten und Wirten fanden.

Raubbau an den Bergleuten – Anno 1889

Der Streikbewegung der Ruhrbergleute für eine der Konjunktur angepasste Lohnerhöhung schlossen sich in Sprockhövel 200 der 232 Bergarbeiter der Zechen Stock & Scherenberg und Herzkämper Mulde an. Ein Versuch, die beim Bau der Bahnlinie Schee-Silschede beschäftigten Arbeiter zur Unterstützung zu bewegen, schlug fehl. Dieser erste Massenstreik in der Geschichte der Arbeitskämpfe in Deutschland führte auch in Sprockhövel zu einer spürbaren Erhöhung der Löhne.

Gegen den Raubbau an der Gesundheit – Anno 1894

Bergleute gründen die »Kasse des Sprockhöveler Knappen-Unterstützungsvereins«. In Krankheits- oder Sterbefällen wurde den Mitgliedern der Kasse eine Unterstützung gewährt: Dies war eine Reaktion auf den Verlust sozialer Privilegien nach dem schrittweisen Abbau des Direktionsprinzips und der Liberalisierung des Arbeitsmarktes im Bergbau.

Raubbau aus Gründen der Wirtschaftlicheit – Anno 1902

Durch Konzentration versuchten die Kohlezechen in Sprockhövel, dem steigenden Konkurrenzdruck standzuhalten. In Hasslinghausen wurde die Einheitsgewerkschaft »Deutschland« gegründet.

Sie unterstützte die Ausstandsbewegung der Bergarbeiter in Sprockhövel. Die durch den Streik erreichte gesetzliche Festschreibung der Gesamtschichtdauer von 8 1/2 Stunden und die Einführung von Arbeiterausschüssen für Betriebe mit mehr als 100 Mitarbeitern führten zunächst zu einer einvernehmlichen Zusammenarbeit von Arbeitern und Betriebsleitung der Zechen.

Diese erfolgreiche Arbeitszeitverkürzung bietet neben der guten Auftragslage vieler Sprockhöveler Zechen Gelegenheit, nach der im selben Jahr erfolgten Stillegung der Zeche Sprockhövel deren Beschäftigte auf anderen Zechen zu übernehmen. Die Zeche Sprockhövel, mit 400 Mann Belegschaft im Jahre 1903 und 100 000 Tonnen Kohleförderung im Jahre 1904 ein bedeutender Wirtschaftsfaktor, fiel einerseits den schwierigen geologischen Bedingungen unter Tage zum Opfer, andererseits dem »Quotenhandel«, der Übertragung der Förderleistung einer Zeche eines Konzerns nach deren Stillegung auf eine andere, die wirtschaftlicher fördern kann.

Raubbau am Frieden – Anno 1913

Der durch die Hochrüstung bedingte starke Absatz von Kohle führte noch einmal zu Spitzenproduktionen: Die Zeche Deutschland förderte mit über 1000 Bergleuten 380 000 Tonnen Kohle.

Die Kohletreiber

Über die Kohletreiber ist viel Schlechtes geschrieben worden. Sicher gehörte dieser Beruf zu den schwersten überhaupt und verlangte viel Kraft. Untrennbar mit der Geschichte der Kohle im Sprockhöveler Raum und dem nördlichen Bergischen Land ist auch die der Kohletreiber verbunden.

Bis zur Schiffbarmachung der Ruhr im späten 18. Jahrhundert blieb das schwierige Transportproblem ein Grund für den relativ geringen Abbau und Absatz der Kohle. Nicht nur im Sprockhöveler Bereich übernahmen Kohletreiber mit Pferden und Maultieren den Kohletransport. Sie brachten die Kohle, die sie in Säcken den Pferden oder Maultieren aufbanden, auf schmalen Bergpfaden von den Zechen bis zu den Hauptabsatzgebieten im Bergischen Land.

Darüber gibt es einige zeitgenössische Aussagen aus dem 17. und 18. Jahrhundert:

Die Kohletreiber galten als eine »sehr rohe Nation«. Diesen üblen Ruf verdankten sie mehr ihrem ziemlich schmutzigen Aussehen als ihrem Charakter. Die Sprockhöveler Treiber, die auf den schmalen Bergpfaden die aufstrebenden Fabriken des Bergischen Landes mit Steinkohle versorgten, besaßen oft »ein oder mehrere schlechte, magere Pferde, deren wunde Rücken mit den scharfkantigen harten Kohlen in größeren und kleineren Säcken bepackt wurden und nun in langen Zügen von den Zechen in Stiepel (bei Bochum) und Herbede bis Ronsdorf und Lennep das Land durchzogen. Die Treiber zeichneten sich durch schlechte Behandlung der Lasttiere sowie durch Toben, Saufen und Fluchen aus.« Besonders der Alkoholkonsum war ein hervorstechendes Merkmal der Treiber, die die schmalen Pfade den breiten Straßen vorzogen. So konnten sie den teuren Straßenzoll umgehen und das gesparte Geld in Branntwein umsetzen. Das Gaststättengewerbe erlebte auch aus diesem Grund eine ungeahnte Blüte. Dazu wurde berichtet, »dass der Hiddinghauser Lehrer Bergmann 1783 sein Amt aufgab und als Gastwirt und Wegegeldkassierer eine einkömmlichere Beschäftigung fand. Da auch der Schnaps am Ort gebrannt wurde, blieb das Geld im Lande. Unter den zahlreichen Kornbrennereien erreichte die des Heinrich Peter Hiebie in Hiddinghausen immerhin einen jährlichen Ausstoß von 2000 Hektolitern.«

In diese Wirtschaft kehren wir einfach mal ein.

»Hey Drikes, hast du heute Geburtstag?«, rief Anton seinem Kumpel Drikes zu.

»Warum?«

»Weil du so freigebig bist. Hast Du eine Sonderschicht gefahren?«

»Im Bergbau kann man Sonderschichten fahren, bei Euch, aber bei uns Kohletreibern kann man nicht allzuviel mitnehmen. Man hat schon die Kohle!«

»Aber warum bist du so freigebig?«

»Weil ich ein Schnäppchen gemacht habe. Aber komm mal näher her. Das muss ich dir erzählen. Also, das war jetzt in Lennep. Da kommst du durch das obere Tor in die Stadt, und unten auf dem Marktplatz tummeln sich die Leute. Da dachte ich mir, dass ich da mal Halt machen könnte mit meinen Kleppern. Also band ich sie vor der Wirtschaft an, und was sage ich dir, plötzlich taucht da so ein Mann vor mir auf und führt das große Wort.«

»Ein Soldatenanwerber? Oder einer, der zum Streik aufwiegeln will?«

»Nein, in Zivil. Der hat mir ein Gespann hingestellt ...«

»... ein Bier und einen Korn, sagen wir Bergleute ... aber dabei blieb es wohl nicht!«

»Eben. Da kam noch ein Gespann dazu und noch eins, und da sagte der Mann doch zu mir, er könne mir eine gute Arbeit anbieten. Ich sagte dem, ich hätte eine gute Arbeit und ich wäre immer mein eigener Herr. Ich wäre zu mir auch immer ehrlich. Mir sagt keiner was. Aber der Mann meinte doch tatsächlich, er glaube, dass jeder mal unehrlich ist. Er hätte erfahren, dass auf einer Postkutsche viel Geld wäre. Und dass er einen suchte, der unverdächtig ist.«

»Um diese Postkutsche auszurauben!«

»Ich habe also hingehört und noch ein Gespann getrunken. Als wir uns dann schon mit Vornamen angeredet haben, nahm Gustav ein Blatt Papier, zeichnete mir den Weg der Kutsche auf, und was sage ich dir, die Gegend kannte ich, kurz hinter Lennep, der Goldenbergshammer. ›Da kenne ich mich aus wie in meiner Westentasche!‹, sagte ich dem Mann, und dann ...!«

»Und dann?«

»Dann hat er mir die Uhrzeit gesagt, wann die Kutsche dort vorbeifährt auf der ›Bergischen Strasse‹, und ich habe es mir gern angehört. Ob ich noch Leute brauche, fragte er mich. ›Ich mach das, wenn ich es schon mache, alles selbst!‹, habe ich ihm entgegnet, aber natürlich hatte ich an Paul gedacht, der hat ja schon einmal mitgemacht. Und als Paul und ich dann zu besagtem Zeitpunkt an der Wegekreuzung standen, kam gerade die Postkutsche aus dem tiefen Hohlweg heraus, da hatte ich auch schon das Gewehr in der Hand. ›Hände hoch!‹«

»Und der Wagen stand bald!«

»Sofort!«

»Und als ich die Wagentür öffnete, weißt du, wer mir da in die Augen guckte?«

»Ein Goldfräulein mit tausenden Talern im Gepäck!«

»Nein, es war der Mann, der mir den Tipp gegeben hatte. In Lennep.«

»Das ist doch wohl die Höhe!«

»Das lässt tief blicken.« Denn der Mann fing auf einmal so an zu lachen:

»Habe ich dich drangekriegt!«, rief er und war so außer sich, dass ich ihn aus der Chaise zog und ihn vor die Kutsche stellte.«

»Und was hat er dann gesagt?«

»Nichts mehr. Ich habe ihn einfach …!«

»… erschossen …?!«

»Nein, ich habe ihm gesagt, einen Kohletreiber kriegt man nicht dran, ohne selbst draufzuzahlen. Und da habe ich ihn gefragt, was er drauflegt!«

»Und er hat seine Börse gezückt!«

»Nein, weit gefehlt. Er hat sich gebückt, einen Stein aufgehoben und nach mir geworfen. Dabei rief er: ›Ihr Kohletreiber seid alle nur Säufer und Strauchdiebe! Euch kann man kaufen!‹«

»Und dann hast du den Stein zurückgeworfen!«

»Nein, ich habe den Kutscher herbeigeholt. ›Hat er geworfen?‹, fragte ich ihn. ›Ja, er hat geworfen!‹ – ›Dann sei mein Zeuge!‹ – ›Er ist mein Zeuge!‹, rief Gustav. Aber der Kutscher schaute erst seinen Fahrgast, dann mich an und sagte schließlich: ›Für gutes Geld hat mein Gast die Fahrt gebucht. Ich müsste sein Knecht sein.‹ – ›Dann sei ein Knecht der Unwahrheit!‹, rief ich ihm zu. ›Der Teufel wird es dir danken!‹ Der Mann aber war furchtsam und bekam einen Schreck. ›Du bist wohl zum Narren gehalten worden. Dir hat man wohlfeil mitspielen wollen. Nimm mich als Zeugen, denn ich lasse mich nicht vor anderer Leute Karren spannen und vom Geld verführen!‹«

»Und dann sind sie davongefahren?«

»Nein, nein. Als der reiche Mann sah, dass sein Kutscher und ich zusammenhielten, zückte er seine Börse und gab mir einen Schein. Und den habe ich hier!«

Triumphierend hielt er den Schein hoch.

»Hat man dich also gekauft?!«

»Wer glaubt, uns Kohletreiber könne man nur in schlechten Ruf bringen, dem sage ich, dass wir ehrenhafte Menschen sind. Zum Wohl, lieber Freund, und lass uns mal gemeinsam einen Überfall planen!«

»Ich bin doch nicht käuflich!«

»Hey, Drikes!«

Weiße Kohlen

Einige Kohletreiber sorgten auch mit Schmuggelware für einträgliche, jedoch auch riskante Zusatzeinkünfte. So beschreibt Walter Tesche eine Episode, die in einer wilden, gestrüppigen Berggegend spielt, wo zwei Kohletreiber in blauen Hemden oben am Rande eines tiefen Hohlweges schritten. Plötzlich kamen ihnen bewaffnete Reiter mit grünen Überröcken und Tschakos entgegen.

»Im Namen des Kaisers frage ich, was habt Ihr geladen?«

»Wir treiben Kohlen aus der Poller Grube!«

»Du lügst!«, herrschte der Douanier. »Unter diesen hochaufgepufften Säcken müssten die Rücken deiner Pferde brechen, wenn bloß Kohlen drin wären.«

»Stecken vielleicht voll Dampfklöße«, spottete Drikes, mit der Faust auf die Säcke schlagend. »Ihr könnt kosten, wie sie schmecken.«

»Ich will's versuchen«, versetzte der Offizier, zog seinen scharf geschliffenen Säbel und versetzte einem der prall gefüllten Säcke einen geschickten Hieb; das Leinen platzte auf, und einige Steinkohlenstücke fielen heraus. Aber in dem klaffenden Sacke glänzte es wie Wachsleinwand.

»Aha! Die Klöße haben eine dicke Schale«, hohnlachte der Douanier, indem er einen zweiten Hieb führte.

Aus dem schwarzen Wachsleinen quoll schneeweißer Flaum. Es war feinster indischer Mull.

(aus H. Wendscheck [Hrsg.]: ›Kleine Bettlektüre für bodenständige Leute im Bergischen Land‹)

Französische »Kohle«

An der alten Kölnischen Straße, die nördlich des Wuppertales verläuft, lag ein einsames Gehöft. Von dort aus soll der »Auerbäumer Hannes«, ein zweiter Schinderhannes, gegen Ende des 18. Jahrhunderts die Gegend in Angst und Schrecken versetzt haben. Durch die Revolution in Frankreich waren zahlreiche Emigranten auf der Suche nach einer neuen Heimat. Auf diese Franzosen hatte es der Hannes abgesehen. Meist waren es Anhänger des Königs, die nach ihrer Vertreibung alle ihre Kostbarkeiten bei sich trugen. Hannes lockte sie auf diesem alten bedeutenden Fahrweg in einen tückischen Hinterhalt. Er schleppte sie in sein Haus, raubte sie aus und, um die Spuren zu verdecken (aber wer suchte schon nach unbekannten Flüchtlingen?), ermordete er sie im Keller. Natürlich konnte der Auerbäumer Hannes ein so gut organisiertes Verbrechen nicht alleine bewerkstelligen. So hatte er Spießgesellen angeheuert, die ihm die Opfer zuführten.

Eines Tages wurde Hannes von Landjägern auf frischer Tat ertappt und zu Schöller in den Schlossturm gebracht. Man fesselte ihm Beine und Arme mit schweren Ketten. Aber Hannes war schlau. Als er seine Wächter im Kartenspiel vertieft sah, nutzte er den Augenblick zur Flucht. In einem Kornfeld wartete er die Nacht ab. Er, der einst als Kohletreiber die Schmieden mit dem schwarzen Gold beliefert hatte, wusste in der Gegend bestens Bescheid. So heizte er einem Schmied mit wüsten Drohungen so lange ein, bis dieser ihm, mit Angstschweiß auf der Stirn, die eisernen Fesseln löste. Hannes lachte kurz auf und flüchtete nach Holland. Von dort aus schrieb er spöttisch an die Obrigkeit ins Niederbergische:

»Wer will stehlen und nicht hangen
Muss sich in Schöller lassen fangen.«

Aber er sollte dennoch seine Strafe erhalten. Die Holländer lieferten den »bergischen Schinderhannes« aus, und er wurde zum Tode am Strang verurteilt.

(neu erzählt nach August Lomberg: Heimatliche Sagen)

Straßenräuber

Vor allem im ausgehenden Mittelalter, als die etablierte Ordnung immer mehr zu schwinden drohte und jeder sein eigener Herr zu sein schien, fand man sie oft: Straßenräuber, Wüstlinge und Lüstlinge zugleich. Sie nahmen, was sie kriegen konnten, und zeigten dabei keinerlei Ehrgefühl. Im Gegenteil. Ihre Plündereien wurden immer brutaler.

Einmal wurde ein Bauer Opfer eines solchen Straßenräubers. Der Bewaffnete rief dem ehrlichen Landmann von seinem Pferde aus zu: »Zwei Ochsen. Das ist gut. Ich trage auch zwei Schuhe, also sind beide Ochsen nun mein! Heute abend stehen sie bei mir im Stall!«

»Der Raub wird euch keine Ehre bringen!«, sagte der Bauer.

»Damit du weißt, wer hier das Sagen hat, sage ich dir: Auch die Braut deines Sohnes werde ich mitnehmen. Sie kommt aber nicht in den Stall sondern in mein Bett!«

Es half nichts. Die Machtverhältnisse waren geregelt. Aber der Straßenräuber hatte nicht mit der Wehrhaftigkeit des Mädchens gerechnet.

»Du Schuft, du elender Strauchdieb! Mögen dich die Sträucher am Weg so stechen, dass du keinen Schritt mehr gehen, geschweige denn dich auf ein Pferd setzen kannst!«

»Ei, wo hast du denn diese schöne Wut her. Sie macht mich doppelt scharf!«

»Auch dies ist doppelt scharf!«, rief das Mädchen, nahm einen eisernen Topf, schlug ihn dem Dieb an die Schläfe und stach mit einem Messer auf ihn ein. So konnte sie verhindern, zur Räuberbraut zu werden!

9. Kapitel

Mit leinen Garn wie beschneyt …

»Die eigentliche Farbenstadt«

Wer hat Wuppertal seine Farben gestohlen? Die Stadt war einst aus den beiden Städten Elberfeld und Barmen gebildet worden. Aber noch andere »Stadtteile« fügten ihre eigenen Farbtupfer hinzu.

Tatsächlich befand sich im Tal der Wupper »die eigentliche Farbenstadt«, ein Vorläufer von Leverkusen. Ständig brodelten in den Färberkesseln Mischungen, die man später als Abfall in der Wupper wiederfand. Der Fluss stank zum Himmel.

Konkurrenzkampf

Eines Tages waren junge Färberburschen in einem Wirtshaus in Elberfeld mit Kegelschieben beschäftigt. Lustig rollten die Kugeln über die Bahn, und muntere Zurufe lohnten den, der gut getroffen hatte. Da nahte ein Fuhrwerk, welches die gefärbte Wolle im Färbereibetrieb nebenan abholen wollte. Mit Peitschenknallen kündete es den Spielern, dass ein Fremder eintraf. Als der Fuhrmann ins Wirtshaus getreten war, teilte einer der Färbergesellen mit, dass er das Fuhrwerk an der Weiterfahrt hindern würde, denn die »Konkurrenz« hatte das Wolllager nebenan und der Fuhrmann dort geladen. Die Männer neckten ihn und hatten so manchen Spaß auf den Lippen. Er würde nicht weit kommen mit der Ladung von nebenan, hatte man dem Fuhrmann gesagt.

»Wisst ihr das? Ihr versteht etwas vom Färben, aber nicht vom Fahren!« So entstand ein Streit, und nachdem der Fuhrmann genug für die bevorstehende Fahrt getrunken hatte, ging er hinaus zu seinen beiden Pferden. Aber was war geschehen? Der Wagen war leer. Waren die Kegler im Wirtshaus die Freveltäter? Blau wie die Burschen war das Garn gefärbt, und niemand weiß zu sagen, ob der Fuhrmann irrte, die Färberburschen, der Schreiber dieser Zeilen oder gar Sie, verehrter Leser …

Die Wiesen an der Wupper waren einstmals in den Sommermonaten »mit leinen Garn wie beschneyt«. Geprägt hat diesen Satz der Lehrer, Arzt und Philosoph Johann Heinrich Jung-Stilling. Und diesen besuchte sein Studienkollege Johann Wolfgang von Goethe auf seiner einzigen Fahrt ins Wuppertal:

»Wir besuchten Elberfeld und erfreuten uns an der Rührigkeit so mancher wohlbestellten Fabrik. Hier fanden wir unsern Jung, genannt Stilling, wieder, der uns schon in Koblenz entgegen gekommen war, und der den Glauben an Gott und die Treue gegen die Menschen immer zu seinem köstlichen Geleit hatte. Hier sahen wir ihn in seinem Kreise und freuten uns des Zutrauens, das ihm seine Mitbürger schenkten, die, mit irdischem Trieb beschäftigt, die himmlischen Güter nicht außer acht ließen. Die betriebsame Gegend gab einen beruhigenden Anblick, weil das Nützliche hier aus Ordnung und Reinlichkeit hervortrat. Wir verlebten in diesen Betrachtungen glückliche Tage.«

Eine andere Reisebeschreibung lautet so:

»Von Köln nach Düsseldorf zu fahren, bedarf es einer halben Stunde; man sieht nicht viel auf dieser Fahrt, die zwischen Feldern und Fabriken einförmig hinführt; der Rhein ist fern und das Bergische nicht nah genug. Nur einmal überbrückt man einen Fluss, der in zwei schmalen Armen an einem alten Schlossgut vorbei dem Rhein zuströmt. Sein Wasser ist schwarz, nicht dunkelgrün wie in den Mooren die Tümpel stehen, sondern wie schwarze Tinte ein wenig bläulich oder rötlich schimmert, und auch mit einem Hauch von Fett überlaufen: das ist die Wupper, der Proletarier unter den deutschen Flüssen.«

Vergleicht man die beiden historischen Darstellungen, so nimmt sich Goethe wohlwollend als »Weißwäscher« aus. Hat ihm die Garnbleiche auf den Wiesen die Schamröte über solche illustren Sätze aus dem Gesicht getrieben? Übertreibt er, oder schien ihm dieses Elberfeld tatsächlich betriebsam und gleichermaßen beruhigend?

Tatsächlich übertrieb Goethe wohl nicht. Die Fertigung von Textilien ist im Bergischen Land seit mehreren Jahrhunderten bekannt, und die Wupper lieferte mit ihrem weichen Wasser den Rohstoff, der in früher Zeit zur Herstellung und Veredelung von Geweben unerlässlich war. So entwickelte sich neben der bedeutenden Weberei auch die Färberei. Die großen Farbenfabriken Bayer in Leverkusen haben ihren Ursprung im Wuppertal.

Abhängig von den Rohmaterialien, vor allem Seide, Baumwolle und Kammgarne, entwickelte sich die eigentliche Seidenweberei im Wuppertal, während die Tuchindustrie mehr in den Außenbezirken des Bergischen Landes zum »Wirken« kam. Lenneper Tuche hatten einst Weltruf. Die Kunstseide dagegen gehörte ins Wuppertal.

»Die ganze Gegend von der Stadt Elberfeld bis an das Ende des Amtes Barmen, bildet gleichsam nur eine einzige große Stadt mit untermischten Bleichen, ohne die sich sonst ein Haus an das andere anschließen würde. – In der ganzen Stadt mögen ohngefähr auf 150 Bleichen, jährlich vierzig tausend Centner Garn (...) gebleicht werden. Gewöhnlich kommt dieses Garn aus dem Braunschweigischen und Hildesheimischen...Das gebleichte Garn wird hier gleich wieder in den Lind-, Band-, Zwirn- und Siamoisenfabriken verarbeitet. Siamoisen ist

(…) ein aus Baumwollen und Linnengarn verfertigtes Zeug.«

»In 12 Stunden können mit diesen 24 Spulen wenigstens 20 Stränge Garn gesponnen werden, das eben so fein, ja noch feiner als das ist, welches auf anderen Spinnmaschinen hier verfertigt wird. Ein Kind von 12 Jahren kann das ganze Werk im Gange halten …«

An dieser Stelle soll noch ein weiterer Zeitgenosse, der Buchhändler Friedrich Christoph Perthes (1772–1843), zu Wort kommen: »Die große Mehrzahl der Einwohner des Arrondissements Elberfeld befindet sich in einer äußerst jämmerlichen Verfassung. Dieser Zustand der Degeneration ist wohl auf die Gewohnheit in dieser Gegend zurückzuführen, dass man zu früh die Kinder in den Fabriken arbeiten lässt. In großer Zahl in den Werkstätten zusammengepfercht, an eine sitzende Beschäftigung gefesselt, die sie zwingt, lange Zeit in gekrümmter Haltung zu verharren, kann sich ihr Körper nicht ausreichend entwickeln.«

Perthes spricht vom »wunderbaren« und »unheimlichen« Wuppertal und schildert seine Eindrücke: »Von der Höhe herab, das Thal entlang ist der Anblick staunenerregend, die Gipfel der Berge waldig, ihr Abhang oben mit Getreidefeldern, dann mit grünen Wiesen bedeckt, bald weiß wie Schnee, bald in Purpur glänzend, bald in bunten Farben schillernd, je nachdem die auf ihnen ausgebreiteten Zeuge und Garne wechseln; tief unten an der Wupper stehen die palastähnlichen Gebäude mit ihren prächtigen Blumengärten, alles in übermütiger Üppigkeit ausgeziert und alles aus der unglaublichen Fabrikthätigkeit hervorgegangen …«

Sehen wir nach so unterschiedlichen Reisebetrachtungen, die aber auch nur zwei Seiten derselben Medaille darstellen, noch einmal bei Goethes Gastgeber und Studienkollegen aus der Straßburger Zeit nach, der Grund für den Dichterfürsten war, nach Elberfeld zu reiten. Vermutlich stieg Goethe am späten Abend des 21. Juli 1774 im Gasthaus »Zur Krone« am damaligen Alten Markt (heute Alte Freiheit) ab. Dann überraschte er Jung-Stilling: Eine Krankheit simulierend, ließ er nach dem Arzt Jung rufen. Dieser kam zu dem vermeintlichen Patienten und traute seinen Augen kaum, als er dem ehemaligen Studienkollegen und Freund gegenüberstand. Sie unternahmen einen Spaziergang auf eine Höhe (es wird wohl die Hardt gewesen sein), von wo sie ins Wuppertal schauten. Jung-Stilling hielt die Eindrücke in seinen Erinnerungen fest: »Die Stadt liegt in einem sehr anmuthigen Thal, welches von Morgen gegen Mittag in gerader Linie fortläuft und von einem mittelmäßigen Flüsschen, der Wupper, durchströmt wird; den Sommer über sieht man das ganze Thal zwey Stunden hinauf, bis an die Märkische Grenze mit leinen Garn, wie beschneyt … ein Spaziergang durch dieses Thal hinauf ist paradiesisch.«

Die Stadt der Färbereien und Bleichen

Noch einmal kommen wir auf eine historische Quelle zurück. In Reisebeschreibungen über das Bergische Land lesen wir in einer Aufzeichnung um 1800: »Wir haben gesagt, dass Elberfeld nur in einem engeren Sinne eine Gewerbestadt ist. Seine wichtigsten Gewerbe umfassen 69 Färbereien, zehn Bleichereien, sechs Baumwollspinnereien, eine große Wollfabrik mit Maschinenschlosserei und Färberei. Einen Namen haben sich auch vier Drucker, zwei Graveure, vier Bildhauer und zwei Kartenschläger mit ihren Betrieben gemacht. Der umfangreichste Teil der Musterung (gemeint ist die Farbgebung des Stoffes, Anm. d. Verfassers) wird auf Vorschlag der größten Drucker gefertigt, die alle erdenklichen Spezialisten beschäftigen. Es herrscht jedoch in Elberfeld die Meinung vor, dass es vorteilhaft sei, allen sozialen Gruppen die Chance zu bieten, von jedweder Nachfrage nach Industrieprodukten des gehobenen Geschmacks zu profitieren.«

Diese Zitatstelle zeigt ein wenig von der Besonderheit der Wupper-Metropole: nicht in Konkurrenz, Hand in Hand soll der Fortschritt genutzt und genossen werden. Besonders bemerkenswert ist die Vorsorge für ärztliche Hilfe. Jede Pfarrgemeinde und jeder Verwaltungsbereich haben ihre Vertrauensärzte. Allerdings zahlen die, die es sich leisten können, Honorar. Das fast familiäre Betreiben der Webstühle und Färbereien ist dennoch eingebettet in ein großes soziales Netz.

In Elberfeld wurde die Weberei einst nur von Hand ausgeübt. Der Unternehmer stellte dem Weber den Webstuhl zur Verfügung, und dieser wurde nach dem Garngewicht bezahlt. Ein »schnelles Gericht« entschied in Fällen von Vorteilnahme, Materialdiebstahl und Kontraktbruch. In Elberfeld und im benachbarten Barmen, in diesen einst selbständigen Städten, herrschten nie Zustände wie in Manchester – eine gewisse soziale Komponente war immer vorhanden. Aber natürlich stand auch hier der Wettbewerb über allem, denn das Tal der Textilien musste sich auch der Konkurrenz erwehren.

So hielten die cleveren Unternehmer aus dem Wuppertal, zu denen auch eine gewisse Familie Engels gehörte – ein Nachfahre, der bekannte Friedrich Engels, schrieb mit Karl Marx das »Kommunistische Manifest« – eifrig Umschau nach den billigsten Bezugsquellen. Das rohe Leinengarn bezog man meist aus Bielefeld, Ravensberg und dem Herzogtum Westfalen. Gerade das westfälische Garn stammte aus sehr armen Landstrichen, und da die Menschen dort, bedingt durch den harten Konkurrenzkampf und die daraus folgenden Dumping-Preise für ihr Leinengarn nur wenig Geld erhielten, blieben sie trotz harter Arbeit und florierender Textilindustrie auf Dauer arm.

Der Arbeitsfleiß im Tal der Wupper erschien vielen durchreisenden Fremden bemerkenswert: »Hier arbeitet Alles, und reges Leben ist überall sichtbar; keine Kraft der Natur bleibt unbenutzt. Jedes Fleckchen Land ist von unendlichem Werthe, und wird entweder als Bleiche oder zu einer Fabrikanlage gebraucht. Alles ist thätig!«

Das »Gold des Wuppertales«

Da das Wuppertal ein »Regenloch« ist, herrscht im Tal zwischen Sonnborn und Oberbarmen eine hohe Luftfeuchtigkeit; die Wiesen bleiben auch im Hochsommer meist grün und feucht und sind von vielen Bächen durchzogen, die das ganze Jahr über Wasser führen. Das sind ideale Voraussetzungen dafür, dass das Garnbleichen gerade dort eine besondere Blüte erleben konnte, denn zum Bleichen braucht man grüne Wiesen und viel frisches Wasser. Gebleicht wurde Leinengarn, das aus der Flachspflanze gewonnen wurde. Wie alle Naturfasern enthalten auch die des Flachses gewisse Farbstoffe, die ihnen eine grau-braune Farbe verleihen. Durch das Bleichen werden die unerwünschten Farbstoffe zerstört und die Fasern werden weiß und rein. Darüber hinaus werden beim Bleichen viele Verunreinigungen und Schmiermittel entfernt, die bei der Herstellung des Garns an den Fasern haften geblieben sind oder ihnen zugesetzt wurden.

Zu einer Bleicherei gehörte immer eine Wiese für die Rasenbleiche. Diese Wiesen lagen unmittelbar an der Wupper oder an einem ihrer Nebenbäche. Sie waren von einem System von Wassergräben durchzogen. Die Gräben wurden durch einen Bach mit frischem Wasser gespeist. War kein natürlicher Bach vorhanden, errichtete man Schöpfräder an der Wupper, mit deren Hilfe das Wasser auf die Wiesen transportiert wurde.
(Museum für Frühindustrialisierung, Wuppertal)

Die Schwarzbleicher

Das Jahr 1865 war kein Jahr wie jedes andere. Auf den Feldern war die Ernte fast ausgeblieben, der Hunger drückte mächtig. Auch hatte es sich herumgesprochen, dass im Tal der Wupper sehr viele Menschen von außerhalb kamen, um hier zu arbeiten und zu wohnen. Der Konkurrenzkampf im« Bergischen Manchester«, wie man es auch nannte, war sprichwörtlich. Wenn Menschen in Not sind, sind sie bereit, weit unter Wert zu arbeiten und sich ihre Löhne diktieren zu lassen. Arbeitslosigkeit war plötzlich auch im sonst so lebhaften Tal kein Fremdwort mehr. Wo aber konnte man noch Arbeit finden? Das »weiße Gold« hatte alle Wiesen der Wupper belegt, und es hatte seinen Preis. Die Bleicherei war schon seit 200 Jahren geregelt, sie durfte im Rheinland nur in Elberfeld und in Barmen stattfinden. Darüber wachten strenge Garnmeister und ihre Zunft. Dieses Monopol trieb die Preise, klar. Aber im westfälischen Schwelm galten andere Gesetze. Wer über die Wupper ging, ging gewissermaßen ins »Ausland«, und das hatte andere Gesetze.

Zwei tatkräftige Schwelmer, Jörgens und Dettmer, hielten schon seit längerem nach einträglichen Geschäften Ausschau. Wie eine Bleiche aufgebaut war, war den beiden bestens bekannt. Jörgens arbeitete als Bleichergeselle in der Elberfelder Hofaue. Dettmer hatte zudem einen guten Zuschuss aus der Erbschaft der Eltern bekommen, den er jetzt investieren wollte.

Die beiden schauten sich das Dettmersche Gelände an der Oehde an.

»Links die Wupper, und dort das Wasser speist die Gräben. Rechterhand an den Wohnhäusern, da können wir unsere Garnkästen anbauen an euer Anwesen.«

»Jörgens, ich sehe schon die Bleicher am Hang, 200 Meter von der Wupper entfernt, müsste doch reichen, hohes Wasser stört uns da nicht!«

»Dettmer, und da bauen wir unsere Bleichhütte, ich sehe sie schon, mit zwei Schornsteinen. In dieser Hütte können unsere Arbeiter das Garn sortieren, waschen und mit Lauge übergiessen.«

»Du meinst bäuchen!«

»Und wenn dann das gewaschene, gebäuchte Garn auf die Bleicherstöcke aufgezogen und auf die Bleiche ausgelegt wird, dann klingelt bald schon der Zaster.«

Jörgens lachte. Seine Energie war schon fast zu bewundern.

»Und dann die Arbeiter, ich sehe sie schon mit hölzernen Wurfschaufeln, den Güten, das Wasser auf die Garne werfen.«

»Und andere sammeln das gebleichte Garn wieder ein und bringen es zum Trockenzaun neben der Bleicherhütte.«

»Und dann die Wittköppe. Denen werden die Stränge auf die Schulter gestapelt, dass nur noch ein Spalt bleibt für die Augen, damit sie sehen, wohin sie uns das Garn bringen.«

»Damit werden wir Ärger kriegen. Aber auch billige Arbeiter aus dem Westfälischen, was!«

Jörgens hatte schon eine Skizze in der Hand: »Aber wie kriegen wir den Dampf aus der Bude?«

»Den Kessel nicht zu groß anlegen. Wir brauchen uns

nicht zu übernehmen! Außerdem arbeiten ja nicht wir, sondern wir lassen arbeiten!«

Dettmer lachte laut los.

»Um das Mauerwerk des Kessels geht ein Gang, worauf der Bleicher steht, der das Garn mit der Pike im Kochen regiert und es dann, wenn es gar ist, auf ein Pflaster wirft.«

»An die Pflastersteine müssen wir noch irgendwie rankommen. Aus dem Oberbergischen hört man von guten Grauwackesteinen!«

»Ich sehe schon den Bäucherknecht, wie er das kochende Wasser mit einem Eimer aus dem Kessel in die Bütte schöpft!«

»Unerschöpflich, unser Reichtum!«

Dettmer und Jörgens sahen sich an.

»Die Obrigkeit wird es bemerken!«

»Sind wir im Rheinland?«

»Wir sind in Westfalen. Und deshalb bleichen wir schwarz!«

»Du meinst weiß!«

»Weiß, sicherlich. Aber erst einmal müssen die Leute, die unser billigeres Garn haben wollen, über die Wupper gehen!«

»Ja, über die Wupper gehen!«

Wie streng bewacht das »weiße Gold« auf den Wiesen der Wupper war, lesen wir schon bei Otto Schell:

Eine Hasenhexe

Oberhalb des Heselerschen Hauses in Unterbarmen befanden sich früher am linken Wupperufer Bleichen, auf denen immer ein Wächter zugegen war, der auch ein Gewehr in seiner Bude hatte. Einst stand ein Bürger neben dem Bleicher, als sie gegenüber am Hardtbusch auf einem grünen Fleckchen zwischen spärlich gefallenem Schnee einen Hasen bemerkten, den sich der Bleicher nicht entgehen lassen wollte. Er eilte in seine Bude, ergriff seine Büchse und schoss. Auf seinen Schuss aber machte der Hase nur einige Sprünge und fraß dann ruhig weiter, als ob kein Schuss gefallen sei. Der Bleicher aber stellte sein Gewehr fort und sagte: »Dat es geng Has, dat es Huwenbecks Marie vam Loh.«

Das schwankende Haus

Es ist überliefert, dass es in Elberfeld ein schwankendes Haus gegeben haben soll. Es stand unweit vom Alten Markt und gehörte einem reichen Bleicher. Aber konnte man wirklich von Stehen sprechen? Dieses Haus hatte nämlich den Ruf, dass es darin nicht geheuer sei, denn zu gewissen Stunden geriet es derart stark ins Schwanken, dass sich die Schränke auf dem Flur des Garnbleicherhauses hin und her bewegten und das Geschirr darin fürchterlich klirrte. Ein Bewohner des Hauses lebte gleich oberhalb des »Garnkastens« in der Garnknechtstube, ein junger Mann. Unter ihm war wie in einem Tresor das »weiße Gold« aufbewahrt, und man sagte, dass er darauf wohl »scharf« gewesen sein soll. Der Garnmeister stellte ihn zur Rede und er gab es zu. Nachdem er nicht mehr dort wohnte, war das Haus wieder stabil wie eh und jeh.

Der Spion

Ein Bleicher aus Langerfeld an der Grenze zwischen Rheinland und Westfalen pflegte regelmäßig nach Rittershaus (Oberbarmen) zum Kartenspiel zu gehen. Dort erhielt er so manchen Tipp für Neuerungen auf der anderen Seite der Wupper. Was man im Rheinland vorhabe, wollte er wissen. Schließlich waren die Langerfelder Bleicher jetzt auch auf dem Markt vertreten.

Da er sich als Bleicher aus Elberfeld ausgegeben hatte, verriet man ihm so manche »Strategie«. Als der Mann sich aber eines Tages verplapperte und und klar wurde, wo er arbeitete, sannen die Elberfelder auf Rache. Man würde auch rund um die Uhr, am Tage und im Dunklen bleichen. Das Licht würde ausreichen, gab man vor.

Auf dem Heimweg stellten die Elberfelder Bleicher eine Laterne auf einem Baumstumpf am Wegesrand auf. Neugierig trat der Bleicher hinzu, um die Sache genauer zu untersuchen. Waren tatsächlich Bleichgarne ausgelegt? Als er noch nach den Garnen Ausschau hielt, fühlte er, wie ihm eine schwere Last auf den Rücken fiel. Eine unheimliche Angst erfasste ihn, und er rannte mit der schweren Bürde heimwärts. Es war klatschnasses Garn, das man ihm über den Rücken gestülpt hatte. Aber es kam nicht von den Bleicherwiesen, sondern aus einem Bottich mit türkischroter Farbe. Die Farbe hielt sich eine ganze Weile.

10. Kapitel

Auf den Spuren räuberischer Pilgerstädter

Von der Beweglichkeit räubernder Menschen

Im Jahr 1729 war Langenberg noch ein Marktflecken »in einer schönen Situation«, und die Häuser standen so dicht, dass die Überbauten aneinanderstießen und man selbst die Hauptstraße nicht mit Pferd und Karren problemlos durchfahren konnte. Wie die Bürger sich in ihrer Stadt bewegt haben müssen, lesen wir in einer Chronik: »Der Fußgänger nahm seinen Weg unter jenen Überbauten her, welche sogenannte Löwen bildeten, auf und ab musste er dann aus der Löw wieder in den Fahrtweg einlenken, so lagen da breite Steine, und er musste, um nicht in den Kot zu treten, von einem auf den anderen springen.«

So mühsam wird unsere Geschichtenwanderung nicht werden. Es werden auch keine umfangreichen Vorbereitungen nötig sein, wie sie einst in einer Empfehlung den Pilgern nahe gelegt wurden, welche Schnellläufer und Gemächliche zum Anpassen der verschiedenen Geschwindigkeiten aufforderte: »Erstere sollen nach alter Bußfahrtmanier eine angemessene Menge Erbsen bereithalten, um bei Unterforderung die Einlegesohlen damit zu unterfüttern. Den anderen wird geraten, in den Wochen vor den Etappen in konzentrischen Kreisen, die sich ständig erweitern, ihren Wohnort zu umwandern.«

Dieses Kapitel ist ein räuberischer »Pilgerzug in die Vergangenheit« und nicht zuletzt auch eine Grenzwanderung. Denn der Deilbach in Langenberg, der der Ruhr entgegeneilt, grenzte lange Zeit das Gebiet der Franken von dem der Sachsen ab. Später verband er den märkischen Raum mit dem bergischen. Die Langenberger sehen die Synthese als gelungen an: Hier begegnen westfälische Ruhe und Zähigkeit und rheinische Aufgeschlossenheit und Beweglichkeit einander. Hier ist die Gelegenheit, die Beweglichkeit räubernder Menschen zu überprüfen. Es wird ganz bestimmt spannend.

Langenberg

Bekannt geworden ist den meisten Menschen der heutigen Zeit dieses Städtchen wohl erst, »seit auf dem Hardtberge das filigranfeine Gitterwerk der 100 m hohen Funktürme sich nadelspitz in die Wolken bohrt und neuerdings ein 160 m hoher Holzturm auf Ätherwellen rheinische Musik und rheinischen Frohsinn über Land und Meer trägt.«

Aus den Chroniken erfahren wir noch mehr, z. B. dass die Seidenbandherstellung in dieser Stadt eine der ältesten in Deutschland ist, dass das Band am Hute des fröhlichen Wanderers vielleicht gerade aus Langenberg stammt. Wir erinnern uns auch an etwas, was schon viele einmal in den Händen gedreht, geknautscht, einem eifrigen Schaffner vorgezeigt haben: Die einstigen Fahrkarten aus brauner Pappe stammten »garantiert« aus Langenberg.

Was ist das nun für eine Stadt, die Passierscheine in »Gottes weite Welt«, wehende Bänder und Ätherwellen in ihrem Programm hat und hatte und die als Bergstädtchen an malerischen Reizen selbst Marburg an der Lahn nicht nachstehen soll?

Aus einer frühen kirchlichen Siedlung wuchs ein Dorf, das bis zum Jahre 1355 der Unterherrschaft Hardenberg angehörte. Der bewundernswert erhaltene und später fachkundig restaurierte spätmittelalterliche Ortskern lädt zum Verweilen ein. Hier finden wir noch die bergischen

Fachwerk- und Schieferfassaden, reich verzierte Bürgerhäuser in verwinkelten Gassen – reizvoll auch durch die Lage inmitten der Waldhügel. Das ehemalige Dorf am Deilbach war im Dreißigjährigen Krieg nicht wie die meisten anderen Orte in Deutschland der Verwüstung und Räuberei ausgesetzt.

Mit dem Beginn der Seidenproduktion in Langenberg ist eng der Name Peter Lukas Colsmann (geb. 1733) verbunden. Wo einst Franken und Sachsen mordend aufeinandertrafen, nutzte Colsmann das Erbe seiner fränkischen und sächsischen Vorfahren, um einen neuen Industriezweig zu etablieren. Erste Erfahrungen auf dem Gebiet hatte er bereits in Krefeld erworben.

Colsmanns Erfolg fand viele Nachahmer. Weitere Familien begaben sich »auf die Seidenstraße«, und der technische Fortschritt ließ den Ort blühen. Der Rückschlag erfolgte durch Napoleons Kontinentalsperre. Wie auch in anderen Regionen des Bergischen Landes schnitt das totale Embargo der französischen Machthaber und ihrer deutschen bürokratischen und militärischen Helfershelfer die Wirtschaft von den Rohstoffquellen in England und Übersee ab. Doch ein reiner Industrieort wie das nahe Wuppertal ist Langenberg nie geworden. Bürgerfleiß und Bürgersinn haben dem Städtchen einen ganz eigenen Charkater bewahrt.

Vielleicht hat sich ja die folgende Geschichte in Langenberg, der Bücherstadt, zugetragen.

Das Zauberbuch

Ein kinderloses Försterpaar hatte einen Pflegesohn aufgenommen. Dieser sollte an einem Sonntag auf das Essen aufpassen, das auf dem Herd schmorte, während die Förstersleute in die Kirche gingen. Aber die Küche interessierte den Jungen nicht. Er holte ein geheimnisvolles Buch aus seinem Versteck, ein schwarzes Buch. Als er es öffnete, entschwanden aus ihm lauter schwarze Gestalten, die sich räuberisch im Hause umhertrieben. Der Junge eilte zur Kirche und holte die Frau des Hauses, die aber nichts auszurichten vermochte, danach den Förster. Als dieser kam, nahm er das Buch und schloss es. Mit einem Mal waren alle schwarzen Gestalten verschwunden und alles stand wieder dort, wo es hingehörte.

Das Hardenberger Land mit seinen Orten Langenberg und Neviges erregte jahrhundertelang keinerlei Aufmerksamkeit. Doch der Verkauf der Burg Hardenberg und der dazugehörigen Herrschaft 1354 an Graf Gerhard I. von Berg und Ravensberg bildete den Auftakt eines verhängnisvollen Wechselspieles. Siebenmal innerhalb der nächsten 100 Jahre wechselten die Herren über die zur Burg gehörenden Ländereien, Menschen und Tiere. Die Familie Bernsau übte die Herrschaft immerhin 200 Jahre lang aus, bis 1698 das verwandte Geschlecht derer von Wendt die Erbschaft antrat. Durch die Bildung der Territorialstaaten wurden die Rechte, Edikte zu erlassen und Urteile zu vollstrecken, eingeschränkt, und 1806 endete die Eigenständigkeit der Herrschaften auf Burg Hardenberg.

»Bring mich nach Hardenberg« (»und ich bringe euch zahlungswillige Pilger«)

Als vor gut 300 Jahren der Franziskanermönch Antonius Schirley im münsterländischen Dorsten bei seinem allabendlichen Gebet vor einem unscheinbaren Marienbildchen eine göttliche Erscheinung hatte, ahnte im 50 km entfernten Neviges noch niemand, was das für Auswirkungen auf das Leben im bergischen Hardenberg haben sollte. Doch die Prophezeiung, die Schirley bei dieser Erscheinung vernommen hatte, erfüllte sich schon bald. Ein schwer erkrankter Fürst überlebte eine üblicherweise tödlich verlaufende Krankheit, und das Marienbildchen wurde nach Neviges-Hardenberg gebracht – denn die göttliche Erscheinung umfasste auch den Auftrag: »Bring mich nach Hardenberg, da will ich verehret sein.« Erster Pilger war der Fürstbischof von Paderborn, der in seiner Begleitung auch den überaus beliebten Landesvater Jan Wellem mitbrachte.

Schon ein Jahr später waren es 5000 Pilger, die dem Beispiel der beiden folgten und den Anfang einer Pilgerbewegung bildeten, die heute etwa 200 000 Besucherinnen und Besucher pro Jahr nach Velbert-Neviges führt. Der Ort ist damit das am zweithäufigsten aufgesuchte Pilgerziel im gesamten west- und norddeutschen Raum, übertroffen allein vom niederrheinischen Kevelaer.

Betreut wird die Wallfahrtsstätte von dem Franziskanerorden, der im Jahr 1680 gemeinsam mit dem Dorstener Marienheiligtum nach Neviges kam und seither dort ansässig ist. Die Franziskaner bauten mit Unterstützung des örtlichen Adelsgeschlechtes im damals vollständig evangelischen Neviges ein Kloster und eine Pfarrkirche, in der das Bildnis von »Maria von der unbefleckten Empfängnis« seine Heimat fand.

Nachbarschaften in Neviges

Ein Schmied trieb in einem kleinen Häuschen sein Handwerk und beherrschte neben diesem Beruf eine zweite Kunst: Er konnte Menschen festbannen. Wie seltsam muss der Nachbar geschaut haben, als er am nächsten Morgen mit einer Bürde Bohnenstangen auf dem Rücken als lebendige Vogelscheuche im Garten des Schmiedes stand?

Der Mann an zwei Orten

Ein armer Mann aus dem Dönberg war zu einer kürzeren Gefängnisstrafe verurteilt worden. Er machte sich auf den Weg, um sie abzubüßen. Am Abend desselben Tages gingen seine Angehörigen zur gewohnten Zeit zu Bett. Als nun die erwachsene Tochter am Morgen erwachte, erhob sie sich sofort, um den Kaffee zu kochen. Dann begab sie sich zur Mutter ins Schlafzimmer, um ihr eine Tasse von dem frisch zubereiteten Kaffee zu bringen. Da sah sie deutlich den Vater im Bett liegen. Vor Erstaunen schrie sie laut auf und war erst nach längerem Zureden seitens der Mutter imstande, den Grund ihres Schreckens zu erklären. Die Mutter schalt das Mädchen eine Lügnerin und schickte es fort. Ehe die Tochter sich zum Gehen wandte, warf sie noch einen Blick auf das Bett; aber nun war der Vater spurlos verschwunden.
(neu erzählt nach Otto Schell: Bergische Sagen)

Die Kaffeewasserstraße

Auch die evangelischen Einwohner von Neviges erkannten bald, dass die Pilgerzüge viel Geld in das Städtchen brachten. Um 1750 sollen es jährlich an die 20 000 Besucher gewesen sein, die immerhin 17 000 Reichstaler nicht in den Opferstöcken, sondern im Ort ließen.

Eine sehr beliebte Einnahmequelle war der Ausschank von Kaffeewasser. Die Pilger brachten, sparsam wie sie waren, ihr Kaffeepulver mit und brauten sich ihr aufmunterndes Getränk selbst: 20 Pfennig galt als Richtpreis für das kochend heiße Wasser. An vielen Türen standen Hinweise, dass dort heißes Wasser ausgeschenkt würde, und eine Straße unmittelbar an der Kirche bekam sogar den Namen »Kaffeewasserstraße«. Heute steht dort das zweitgrößte Kirchenbauwerk nördlich der Alpen (nach dem Kölner Dom): das »Zelt Gottes«.

Und hier spielt auch die folgende Geschichte.

Dröppelminas Habsucht

Kaum einer wird glauben, dass man in einer Kaffeewasserstrasse reich werden kann. Aber lassen Sie sich erzählen, wie einst ein fixer Lehrling mit Namen Eugen, kein edler Ritter, sondern ein kleiner Lehrjunge, einen Raub entdeckte.

Nachdem er von seiner Familie verstoßen worden war, blieb ihm als einzige Anlaufstelle im Raum zwischen Wupper und Ruhr ein Schlosser, der es verstand, die begehrten Schlösser und Beschläge, für die die Gegend bestens bekannt war, herzustellen. So ging er, nachdem er mit Mühe und Not die Schule beendete hatte, bei dem Schlosser in die Lehre. Dieser konnte vorzüglich mit Metall umgehen, und auch seine Frau verstand sich darauf. Minas große Leidenschaft galt dem »bergischen Silber«, dem Zinn.

Eines Tages nun kam ein Kunde in das Geschäft des »Schlösserkarls« und brachte eine besonders schön gearbeitete hölzerne Geldkassette mit, die das Ausmaß eines großen Koffers hatte und mit einem alten Schloss versehen war. Der Meister sah sich das gute Stück an und dachte bei sich, dass es ein Leichtes sein müsse, es zu öffnen. Fachmännisch. Aber wie er die Kassette auf seiner Werkbank hatte, wurde ihm bald klar, dass sie so kunstvoll und raffiniert gefertigt war, dass er viel Zeit und Verstand würde aufwenden müssen, um sie zu öffnen. Am Abend schickte er seinen Lehrling zu dem

Kunden in die »Kaffeewasserstraße«, um ihn darüber zu informieren, dass das Öffnen recht teuer werden würde. Der Kunde hatte sich als Händler von Kaufmannsartikeln und Spezereien, Gewürzen und Süßigkeiten wie Lakritze und anderer Leckereien wohl ein kleines Vermögen verdient.

»Haben Sie denn keinen Schlüssel, der passen könnte?«, fragte der Lehrling.

»Nein!«, erwiderte der Mann und sah sich in seinem Laden um. »Ich habe alles ausprobiert! Aber warte, es mag sein, dass sich auf dem Speicher noch Schlüssel befinden!« Er ging fort, um die Schlüssel zu suchen. »Hier ist der Bund!«, sagte der Mann, als er zurückkam. »Aber alle sind verrostet!«

So ging der Lehrling mit den Schlüsseln zu seinem Meister zurück. Der war schon in seiner Wohnung. Die Versuche, die Kassette mit den Schlüsseln zu öffnen, schienen vergebens. Die Kassette ließ sich nicht öffnen. So stellte der Lehrling das gute Stück zur Seite, versuchte aber dennoch, mit einer Flüssigkeit den Rost von den Schlüsseln zu entfernen.

Endlich, der Meister war schon längst zu seinem Stammtisch ins Wirtshaus aufgebrochen, sprang das Schloss doch auf. Im ersten Moment erschrak der junge Mann, denn das Bild eines Hundes schaute vom Boden aus auf ihn, fletschte bedrohlich die Zähne, bellte aber nicht. Eugen gab seinem Erstaunen hörbaren Ausdruck. Ein großes Gefäß befand sich in der Kassette, aus Zinn, wie Eugen bald sehen konnte, und etliche Münzen lagen auf dem Boden. Einen Moment zögerte er, überlegte, ob er sich nicht bedienen solle. Aber man hatte ihm doch eingeschärft, er dürfe nicht stehlen, dürfe nicht »auf den Hund kommen«! Nun war er auf den Hund getroffen, der die Schätze der Kassette zu bewachen hatte. Da rappelte es an der Türe. Die Frau des Meisters wunderte sich über das Licht in der Werkstatt.

»Bist du noch da, Karl?«, rief sie, sah dann aber Eugen. »Was machst du noch hier?«

»Ich mache«, stammelte Eugen, »gerade die Werkstatt zu. Es gab noch etwas zu tun.«

»Und was ist mit der Kassette?«

»Ja, die habe ich auf gekriegt.«

»Zeig mal!«

»Das war darin!« Eugen zeigte eine seltsam, bauchig geformte Kanne auf drei Beinen.

»Ein guter Fund!«, sagte die Frau. »Das wird meinen Mann freuen, ein so gutes Stück gefunden zu haben. Ich werde es an mich nehmen und es zu neuem Glanz bringen.« Die Frau nahm das gute Teil heraus und musterte es lange. »Gib mir den Schlüssel, damit das Geld sicher verwahrt bleibt!« Eugen gehorchte, wie eben ein Lehrling gehorcht. »Du hast sicher lange daran gearbeitet. Komm nach oben, ich habe noch eine gute Bratwurst in der Pfanne.«

Während der Lehrling über seinem Teller saß, ging die Frau in die Küche und polierte die Kanne. Dann kehrte sie in die Werkstatt zurück, nahm aus einer Kramkiste wertloses Beschlagmaterial und eine Reihe von Schrauben. Dann schloss sie die Holzkassette wieder zu und nahm den Schlüssel mit in ihr Schlafzimmer. Als ihr Mann am frühen Morgen neben ihr vom Hahnenschrei aufwachte, gab sie ihm den Schlüssel mit den Worten: »Du wirst sehen, es war kein Schatz in der Kassette. Aber deinem Lehrling ist es gelungen, sie zu öffnen, und damit er nichts entwendet, habe ich sie wieder zugeschlossen.«

»Mina!«, maulte der Alte. »Ich habe meinen Beruf, und du hast das Haus. Was suchst du in meiner Werkstatt?«

»Ich wollte doch nur«, stammelte die Frau, »nur aufpassen, dass der Junge nicht zum Dieb wird!«

»Hier klaut keiner!«, sagte der Schlosser und ging eilends in die Werkstatt.

Als der Besitzer der wertvoll ausschauenden Kassette kam und sah, dass sie geöffnet war, teilte ihm der Schlosser mit, dass er einen sehr unbedeutenden Fund gemacht habe. Lauter unnötiges, unnützes Zeug. Der Hund auf dem Boden, der hätte sicherlich alles aufgefressen!

»Du hast alles aufgefressen!«, empörte sich der Mann. »Wohl auch die schöne Kanne aus Zinn. Ich habe sie einst selbst mit meiner Mutter hineingetan! Du bist kein ehrlicher Schlosser. Du gehörst hinter Schloss und Riegel, denn du hast mir nicht den Wert wiedergegeben, den ich darin verborgen hatte. Ich habe dir vertraut und dich prüfen wollen, und du hast mich sehr enttäuscht.«

»Ich bringe alles in Ordnung!«, sagte der reuige Schlosser.

»Dann bringe alles zurück, und ich werde schweigen!«

»Du musst entschuldigen, die Lehrlinge sind unehrlich. Eugen wird die Sachen aus der Kassette entnommen haben, während ich aus war!«

Der Meister ahnte jedoch bereits die Wahrheit. Schon sah er Eugen in der Werkstatt arbeiten. »Nein!«, sagte er zu sich. »Der war es nicht!«

Dann eilte er die Stiege hinauf zur Wohnung. Mina erwartete Besuch und hatte bereits den Tisch gedeckt, in dessen Mitte die Kanne aus dem besten »bergischen Silber« thronte.

»Was soll das ?«, rief der Mann und zeigte auf die Kanne. Da brach die Frau in Tränen aus.

»Ich will dir alles erklären!«, stammelte sie.

Aber ihr Mann sagte nur spöttisch: »Lass das Weinen! Lass das Gedröppel, Mina!«

Diesen letzten Satz hörte im Vorbeigehen der Lehrling und ahnte sofort, worum es in dem Streit wohl ging.

Einige Jahre später hatte er genügend Fähigkeiten erworben, um sich selbständig zu machen. Mit besonderer Vorliebe reparierte er die typisch bergischen Kaffeekannen, die er seinen Kunden gegenüber stets als »Dröppelmina« zu bezeichnen pflegte.

Wer das nicht glaubt, kann ja die »Kaffewasserstraße« aufsuchen oder sich in einem Museum erklären lassen, wie es zu dem Namen »Dröppelmina« kam.

Hinter Schloss und Riegel

Handwerkliches Geschick, entwickelt über Jahrhunderte, haben Velbert zur Stadt der »Schlösser und Beschläge« werden lassen. Viele Gießereien sind historischen Ursprungs. Davon zeugen die Exponate des Museums im Stadtkern von Velbert, das seit der kommunalen Gebietsreform von 1975 die Städte Neviges und Langenberg als Stadtteile umfasst.

In dem Museum ist anhand der Ausstellungsstücke die Geschichte von Schlössern und Beschlägen von ihren Anfängen bis in die Gegenwart nachvollziehbar. Fünf Jahrtausende Verschlusssachen – mit Exponaten aus Europa, Afrika und Asien. Eine vollständig (nachgebildete) Schloss- und Schlüsselschmiede aus dem 19. Jahrhundert gibt Einblicke und Ausblicke: durchs Schlüsselloch sozusagen.

11. Kapitel

Der Tote im Kalkfels

»... die Blitze erleuchten die Felswände zu auflodernden Flammen.«

Es ist für einen Polizeihauptkommissar nicht ganz einfach, aufgrund von Mobbing zum Nichtstuer zu werden. So hatte man ihm die Aufgabe übertragen, am Computer verjährte Fälle zu rekonstruieren. Aber Heribert Meier (»Meier mit i«) hatte sich vorgenommen, es diesmal seinen Kollegen zu zeigen. Auf seinem Bildschirm erschien dreidimensional das Gerippe eines Menschen, das eine undefinierbare Stelle am Kopf aufwies. Die Todeswunde?! War »der Tote im Fels« eines natürlichen Todes gestorben oder wurde ihm Gewalt angetan? Um dies herauszufinden, bediente sich Meier einer Methode, die er auf dem letzten Fortbildungsseminar ausführlich erlernt hatte: die Herangehensweise an einen Fall durch Hinzuziehung verschiedener »Parameter«. Er musste also verschiedene Suchbegriffe in bestimmter Kombinationen in den Rechner eingeben. Zunächst konnte Meier herausfinden, dass der Tote »Neandertaler« genannt wurde. Irgendwo hatte er diesen Namen doch schon mal gehört. Ob er durch die Presse gegangen war?

Nur so viel wusste er aus dem Gesangbuch, dass Neander, Joachim Neander, Kirchenlieder geschrieben hatte. Also gab er den Namen ein und den Begriff »Dichter«.

1. Suchbegriff: Neander + Dichtung = *Dichterischer Hinweis auf den Toten.*

Ergebnis: www.neander-dichtung.de: *»Welcher Dichter wünscht sich nicht, nach dem Tode unsterblich zu bleiben: in seinen Werken, in der Erinnerung. Einer hat es – ohne von einem eigenen geschickten Schachzug zu sprechen – auf zweifache Weise geschafft: der Dichter geistlicher Lieder und Prediger Joachim Neander. Im Jahre 1650 geboren, ist er gerade einmal dreißig Jahre alt geworden, und das Tal, das nach ihm benannt wurde, war nicht einmal seine Geburtsstätte. Der Bremer wurde 1674 Lehrer der Lateinschule in Düsseldorf und spazierte besonders gerne in der reizvollen Landschaft des Düsseltales und am Mettmanner Bach. Nach ihm wurde die felsige Kalklandschaft benannt. Nicht zuletzt hat Neander sich in den Liederbüchern der Reformierten ein weiteres Denkmal gesetzt. ›Lobe den Herren‹ ist wohl das bekannteste seiner vielen Lieder.«*

1.a Suchbegriff: +neandertal+ruhig

Ergebnis: www.entdeckungimfels.de: *»Im Tal zwischen Düsseldorf und Elberfeld wäre es länger ruhig geblieben, hätte nicht ein Lehrerkollege des Herrn Neander 1856 aus dem Abraum einer Höhle mit dem Namen ›Feldhofer Kirche‹ ein bruchstückhaftes menschliches Skelett geborgen, welches er ins Diluvium datierte. Johann Carl Fuhlrott (1804–1877) lehrte an einer Schule in Elberfeld. Seine Leidenschaft galt der Erforschung der Natur, besonders im Neandertal. Sein Fund wurde von dem britischen Anatomen King als Bezeichnung für eine Menschenrasse herangezogen. Der ›Homo (sapiens) neandertalensis‹ ist der erste wissenschaftlich anerkannte Vertreter der Neandertalgruppe. Der Neandertaler ist gekennzeichnet durch eine flache Stirn, Oberaugenwülste, fliehendes Kinn, ein massiges Skelett und leichte Biegungen der Gliedmaßenknochen. Während der letzten Eiszeit war die Rasse von Westeuropa bis Asien verbreitet, nicht nur im Neandertal.«*

Meier fragte sich: War der Tote Joachim Neander? Nein, das wissen wir ja schon, was sagt uns die Sage?

2. Suchbegriff: Sage + Neander + Taler – Sagenhafter Hinweis auf den Toten.
Ergebnis: Taler: www.münzeinheiten.de. Neue Eingabe: Sage + Neandertaler

Ergebnis: www.sagenhaftes-neandertal.de: *»Ein Anziehungspunkt im Neandertal ist der ›Butterberg‹, auch ›Blixberg‹ genannt, gegenüber dem Zusammenfluss von Düssel und Mettmanner Bach gelegen. Hier befand sich wohl eine frühgeschichtliche Befestigung. Nach einer alten Raubrittersage soll ›vor Zeiten‹ dort ein Schloss gestanden haben, dessen Besitzer die das Tal durchziehenden Kaufleute mit Hunden gehetzt und dann ausgeplündert hatten. Noch immer wird das in der Nähe dieser Burg liegende Gestein ›Hongsklipp‹, Hundeklippe genannt. Wahrheit oder Legende?«*

Meier fragte sich: War der Tote im Fels ein reicher Kaufmann, der überfallen wurde?

»Bei Grabungen wurden Bruchsteinmauern gefunden und drei Tore, leider aber nichts an Kulturresten, die die Sage ein wenig wahrscheinlicher hätten machen können.

Nach Grabungen vor 50 Jahren wird angenommen, dass die ›alte Burg‹ vorgermanischen Ursprungs ist und bis in die Zeiten der Gebietskämpfe zwischen Sachsen und Franken immer wieder als Fliehburg gedient hat: als Verteidigungspunkt und als Zufluchtsort.«

Der Tote also ein alter Franke oder gar noch ein Sachse? Meier war diese Erklärung ein wenig zu abwegig. Er war weder Phantast, doch ein wenig romantisch veranlagt.

3. Suchbegriff: Romantik + Neander – Romantischer Hinweis auf den Toten.
Ergebnis: »www.neandertalroman.de. Korrektur: Romantik+Neandertal. Ergebnis: www.Kulturraum-niederberg.de: *»Das wilde, romantische Felsenthal, das wir nun erst von einer seiner höchsten Feldspitzen aus überschauen sollten, ist unten in seiner engen Ebene von dem krystallhellen Gewässer der Düssel durchbrochen. Zu ihren beiden Seiten stehen die kolossalsten Steinmassen und die engste und verwirrteste Schlucht ist etwa eine halbe Stunde lang. Ein stämmiges Buchenwäldchen grünt auf den Höhen und das Laubwerk niederer Gesträuche versteckt seine Grotten und Höhen, die indes, so wild verborgen sie auch scheinen, doch bei einiger Ausdauer nicht unzugänglich sind.«*

Heribert Meier las im Internet den Reisebericht aus dem Jahre 1843 der damals 26-jährigen Mathilde Franziska Tabouillut (später Anneke), die u. a. mit Annette von Droste-Hülshoff verkehrte, sich dem »Demokratischen Verein« anschloss und gar als »Communistenmutter« verspottet wurde.

Einer solch unzuverlässigen Person sollte er Glauben schenken? Meier schüttelte den Kopf, las aber weiter. *»Von den Klippen und zerklüfteten Felsenschluchten ging wohl ein romantischer Zauber aus. Die Schilderung der Mathilde Franziska zeigte auf, welche landschaftlichen Denkmäler dem Kalksteinbedarf zum Opfer gefallen sind. Engelskammer, Teufelskammer, Wolfsschlucht – um nur einige zu nennen – und der seit 1835 bezeugte Neanderstuhl, von dem auch unsere Autorin schwärmte:*

›Bei der zuvorkommenden Freundlichkeit der Bewohner jenes schönen Landes gegen Fremde durfte ich mich zunächst den Gardedamen auf diesen Ehrenplatz setzen, und alsbald hieß es zu meiner Belehrung: das ist der Neanderstuhl. Also auf des

lieblichen Liederdichters Joachim Neanders Sitz saß ich hier, kühn und frei – ja, hätte er mir gehört, der Stuhl, nicht hätte ich ihn vertauscht mit einem Königsthrone, seinem Glanz und seinen Schätzen; – auch er hätte es nicht gethan.‹«

Ein Hinweis auf die Todesart? War der Neandertaler einfach vom Stuhl gefallen?

»Dieser Neanderstuhl – die Oberfläche des Deckfelsens der Neanderhöhle – wird auch von Dr. Johann Heinrich Bongard, einem Königl. Preußischem Hofrat, umschwärmt: ›Die Aussicht vom Neanderstuhl ist eine der schönsten im Gestein. Man kann hier die Felsenwand von beiden Seiten übersehen; links sieht man auf ein Fruchtfeld und rechts auf eine grüne Wiese … Wenn Regen und Gewitter den Dichter überraschten, so ging er in die Neanderhöhle.‹«

Also ein Höhlenphänomen. Meier tappte im Dunklen.

4. Suchbegriff: dunkelheit + neandertal – Dunkler Hinweis auf den Toten.

Ergebnis: www.neandertalwetter.de: Meier ging wieder zurück auf die vorhergehende Seite und las: »*Die Neandertalhöhlen bestanden aus sechs Grotten zu beiden Seiten des Düsselbaches und waren nur schwer zu erreichen. Ein Höhenunterschied von 30 bis 50 Metern über der Talsohle ließen die Gegend so ›unberührbar und wild‹ erscheinen. Die Berührung mit Abbauhämmern hat das Neandertal nicht schadlos überstanden. So sind wir auf Aufzeichnungen angewiesen, um uns ein wenig in ältere Zeiten zu versetzen.*

Die Engelskammer auf der linken Seite des Düsselbaches bestand aus Kalkstein, mit dünnem Sinter überzogen. Der innere Raum dieser Höhle war bei Tage ganz erleuchtet, weil die Öffnung gegen Süden lag. Dieser Kammer (weil der Eingang der Grotte einer Türe ähnelte) gegenüber lag die Teufelshöhle. Sie war nach Norden geöffnet und lag in ständiger Dunkelheit.

Und weil sich – unerreichbar an der Felsenwand – Rabennester fanden, hundert Fuß über der Düssel, wurde eine weitere Gesteinsformation Rabenstein getauft. Das Plateau war auch bei trockener, heißer Witterung stets glatt.

Eine schwer zugängliche Grube mit Baumbesatz hatte den Namen Wolfsgrube erhalten. Wölfe mögen an diesem Ort wohl einstmals die Beute gerissen und verzehrt haben, aber Löwen? Die Löwengrube war schwer zu passieren. Die Masse bestand aus Tropfstein – die Kalksintermasse ist aus einem dem nahen Teich entspringenden Bach, der viel kohlensauren Kalk enthält, niedergeschlagen worden.«

Der Tote – ist der auch niedergeschlagen worden? Oder wurde er gar von Wölfen und Löwen angegriffen?

»Eine Leuchtburg hatte ihren Namen von dem durch eine obere Öffnung einfallenden Licht her, und im Winkel, wo das Flusstal aus der nördlichen in die westliche Richtung übergeht und sich die Schlucht zu einem breiten Wiesental erweitert, fand sich die Kanzel. Auch in den älteren Aufzeichnungen wird als Glanzstück dieser Höhlenlandschaft die Neanderhöhle genannt. Sie wurde von einem Felsenbogen gebildet, der an beiden Seiten offen war. Es schien, als ob die an den Seitenteilen stehenden Stalaktiten den Bogen getragen hätten. Und wenn ein Gewitter aufkam, war im Neandertal alles anders. Besonders in dieser Neanderhöhle, wie es Bongard beschreibt: ›Ein Gewitter in dieser Höhle zu erfahren ist imposanter als in irgendeiner Gegend des Landes. Der Donner rollt hier mit ungeheuerm Getöse; der Himmel scheint sich ganz zu verdunkeln und die Blitze erleuchten die Felswände zu auflodernden Flammen.‹«

Der Tote vielleicht verbrannt bei einem Gewitter? Dafür war er zu unversehrt gefunden worden. Gegen Feuer hilft nur die Eiszeit. Ein Hinweis aus dieser Zeit:

6. Suchbegriff: Eiszeit + Neandertal – Eiszeitlicher Hinweis auf den Toten.
Ergebnis: www.eiszeit-mit-langnese.de. Zweite Nennung: www.neandertalgehege.de: »*Das Kalkgebiet mit an manchen Stellen aufliegendem Tonschiefer hat womöglich bei der Gestaltung dieser Region einen ersten Widerstand versucht. Aber hatte erst einmal das Wasser seinen Weg gefunden, so wurde die Erde weggespült und riss auch ganze Felsblöcke mit sich.*

Im Neandertal nimmt die Urgeschichte nahezu greifbare Gestalt an. Die Felsen erzählen Geschichte, und auf den Wiesen, in den Wäldern und Schluchten des eiszeitlichen Wildgeheges sieht man heute Tiere, wie es sie als Vorläufermodell wohl in eisigen Zeiten gegeben haben mag: Wisente, Rentiere, Wildpferde und Elche. Der relativ kleinwüchsige Neandertaler hatte die Traute (und sowohl die Kraft als auch den Hunger), auf das viel größere und schwerere Mammut loszugehen.«

Der Tote also bei der Jagd einem eiszeitlichen Tier unterlegen? Graben wir weiter in der Geschichte, sagte sich Meier, und las:

»*Auch fanden sich bei Ausgrabungen weitere Zeugen eines regen Lebens im Tal der Düssel. 1927 wurden Steinwerkzeuge aus Quarzit gefunden: Ein großer Faustkeil und ein Schaber entstammen einer der ältesten Kulturstufen der Altsteinzeit. Sinnvollerweise wird die Urgeschichte dieses Ortes in einem Museum dargestellt.*«

Weitere Zeugen? Vielleicht eine Zeugin? War vielleicht Liebe im Spiel?

7. Suchbegriff: Erotik + Neandertal
Ergebnis: Leider keine Treffer
Suchbegriff: Frauen + verführung + apfel + neandertaler
Ergebnis: www.belladonna.net: »*Aufzeichnungen des Königl.*

Preußischen Hofrats Bongard: ›In diesen stachelichten Köpfen wächst der Samen des Stechapfels. Seltsam muss es uns erscheinen, dass an Stellen, wo diese Pflanze früher niemals angetroffen wurde, sie auf einmal hervortritt. Der in der Erde tief für unendliche Zeit aufgehobene Samen muss durch Zufall an Licht und Luft gebracht worden sein. Bekanntlich bleibt der ohne Licht und Wärme im Schoss der Erde aufgehobene Samen vieler Pflanzen erreg- und keimbar für unbekannt lange Zeiten. Hier auf dieser Anhöhe wächst auch die schöne Beere der giftigen Belladonna.‹«

Giftmord, durchschoss es den gemobbten Kriminalisten.

»*›Sie hat eine anlockende Farbe und Gestalt. Ihr Saft tödtet in kleiner Quantität die Nervenkraft eines Menschen. Den lieblichen Namen hat diese, in Deutschland auch Teufelsbeere genannte Pflanze, durch die Kraft erhalten, den Weibern bei geringem Genuss von dem Kraut eine angenehme Gesichtsfarbe zu geben. Es lähmt den Herzschlag und bleicht daher die Wangen, erweitert den Augenstern und macht den Blick sanft und freundlich. Ich hoffe, unsere Frauen werden die Gesundheit dem augenblicklichen sanften Ausdruck ihrer Züge, der große Ermattung im Gefolge hat, nicht aufopfern.‹«*

Bleich und kalkig schienen die Felsen, glaubte Meier zu wissen. Bella donna, schöne Frau Neandertal ... – In Meiers Kopf begann sich alles zu drehen. War der Neandertaler vielleicht gar kein Mann, sondern eine bleichgesichtige Frau?

8. Suchbegriff: Steinzeit + Neander + Emanzipation – *Geschlechtlicher Hinweis auf den Toten.*
Einziges Ergebnis: www.econ-verlag.de, Unterverzeichnis: Rosalind Miles: Weltgeschichte der Frau.

»*Die Steinzeitfrau war alles andere als das Heimchen in der Höhle. Das jedenfalls behauptet die Wissenschaftlerin Rosalind*

Miles. Jagd war in den von ihr untersuchten 175 alten Kulturen nahezu ausschließlich Männersache. Aber die Jagd war wenig ergiebig. Fleisch stand selten auf dem Speiseplan, und trotzdem musste keiner verhungern: Die Frauen schufteten den ganzen Tag als Sammlerinnen. Sie sammelten Beeren, Wurzeln, Gräser und Blätter, aber auch Ameisen, Schnecken und Raupen.

Aus dieser Sammel›leidenschaft‹ geht auch hervor, dass wir heute überwiegend Rechtshänder sind, denn die Kinder wurden wohl seit Anbeginn der Menschheit auf der Herzseite getragen. Die ›gute Hand‹ wurde zur Sammelhand. Und noch eine wichtige, gar revolutionäre Entdeckung machte die Wissenschaftlerin: Die Frauen erfanden den Sammelsack. Dieser Einfall erwies sich dann als wichtiger als sämtliche Jagdwaffen der Männer.

Auch wenn die Steinzeitfrauen wohl nicht älter als 20 Jahre geworden sind, sie haben das Überleben der Sippe gesichert. Emanzipiert waren sie wohl auch schon dadurch: die schönen Frauen – Belladonna.«

Meier grübelte. Eine Frau schloss er als Tote aus. Die Gestalt des Gerippes war die eines Mannes. Giftmord? Keine Frage, hätte sein können. Vielleicht hatte sich der Mann ja an eine andere rangemacht, an eine andere Bella Donna. Romantische Hinweise fanden sich keine mehr. Ein Bick auf die Uhr veranlasste Meier dazu, seine Mittagspause zu beginnen. Er blätterte in einer Technikzeitschrift, um sich ein wenig abzulenken. Bei einer Werbeanzeige für Baumaschinen blieb er hängen: Zwischen den beiden Anzeigenteilen sah man auf eine weibliche Brust. Der Werbespruch darunter: »Sonst schaut ja doch keiner hin!« Und dann diese Baumaschine. Das ist es, durchfuhr es Meier. Der Tote ist durch die zufällige Berührung mit einem Abraumhammer beim Kalkabbau vom Leben zum Tod befördert worden!

Und im Polizeibericht schrieb er: »Postmortaler Mord«, was nichts anderes heißt als nachträglicher Mord an einem Toten.

Ein wenig seltsam schaute Meier schon, als ein Kollege ihm hämisch das Alter des Neandertalers verriet.

Rechtehinweis

Weitere bergische Titel beim Bücken & Sulzer Verlag

Bergische Sprichwörter. Mit einem Vorwort von Konrad Beikircher, ISBN 3-936405-05-0

Der Bergische Eulenspiegel (V. von Zuccalmaglio / Schulte vom Brühl), ISBN 3-936405-07-7

Die Bergische Trilogie (Harry Böseke):

- **Donnerkraut und Räuberbraut. Merkwürdige Geschichten von allerlei Halunken aus dem Bergischen Land**, ISBN 3-936405-12-3
- **Himmelspforte und Glockenspiel. Wundersame und unglaubliche Geschichten aus dem Bergischen Land,** ISBN 3-936405-08-5
- **Teufelsspuk und Galgenstrick. Schauerliche und unglaubliche Geschichten aus dem Bergischen Land,** ISBN 3-936405-00-X

Einmal Räuber immer Räuber. Das Leben des bergischen Rebellen Johann Georg Pauli genannt Räuberpaul (Klas Ewert Everwyn), ISBN 3-936405-15-8

Lecker Bergesch koken med Lidl, Plus & Co. – Traditionelle Bergische Küche mit Lidl, Plus & Co. (F. P. Gunnar Kohleick), ISBN 3-936405-18-2

»Mit seinem Gold und Nebel«. Das Bergische Land im Spiegel der Literatur (Detlev Arens), ISBN 3-936405-13-1

Sagen aus dem Bergischen Land (C. Schieferdecker, O. Schillmann), ISBN 3-936405-03-4

Schöne alte Kinderlieder. Rätsel und Sprichwörter aus dem Bergischen Land (August Lomberg), ISBN 3-936405-02-6

Wie et Levve esu spillt. Mundart-Verzällcher (Karl Heinz Fröhlingsdorf), mit Audio-CD, ISBN 3-936405-01-8

23 **Rundwanderwege Bergisches Land. Overath und Umgebung** (Siegfried Raimann), ISBN 3-936405-10-7

weitere Informationen unter www.buecken-sulzer.de